U0622280

# 书籍的隐喻

黄成 著

浙江大学出版社

**图书在版编目(CIP)数据**

书籍的隐喻 / 黄成著. —杭州:浙江大学出版社,
2020.11

ISBN 978-7-308-20307-4

Ⅰ. ①书… Ⅱ. ①黄… Ⅲ. ①散文集—中国—当
代 Ⅳ. ①I267

中国版本图书馆 CIP 数据核字(2020)第 106421 号

**书籍的隐喻**

黄 成 著

| | |
|---|---|
| **策划编辑** | 罗人智 |
| **责任编辑** | 闻晓虹 |
| **责任校对** | 罗人智 沈 倩 |
| **封面设计** | 卿 松 |
| **出版发行** | 浙江大学出版社 |
| | (杭州市天目山路148号 邮政编码310007) |
| | (网址:http://www.zjupress.com) |
| **排 版** | 杭州朝曦图文设计有限公司 |
| **印 刷** | 杭州钱江彩色印务有限公司 |
| **开 本** | 880mm×1230mm 1/32 |
| **印 张** | 8.125 |
| **字 数** | 160千 |
| **版 印 次** | 2020年11月第1版 2020年11月第1次印刷 |
| **书 号** | ISBN 978-7-308-20307-4 |
| **定 价** | 42.00元 |

# 序 我们赖以生存的书籍及其隐喻

隐喻无所不在。这个世界上，一切都充满了隐喻。人们通过隐喻来理解世界，进行思考，进而行动。隐喻是诗意的想象，绚丽而缤纷；隐喻是重要的工具，可以帮助我们挖掘丰富的珍宝。但是隐喻自身也像矿藏，需要我们用心去探测，去挖掘，去提炼，去锻造。

"隐喻的本质，是通过另一种事物来理解和体验当前的事物。"因此，书籍的隐喻，是通过关于书籍的叙述、幻象、譬喻，来理解和体验书籍在当今时代乃至未来世界的意义、地位和作用。

应该注意到，书籍的隐喻并不属于常规隐喻。书籍的隐喻游离于常规概念系统之外，是富于创造力和想象力的非常规隐喻。通过书籍的隐喻，我们将会对书籍这一事物有一种新的理解和体验，赋予书籍新的意义。同时，通过现有的隐喻，我们将寻找并唤起更多沉睡中的隐喻。

书籍的隐喻蕴意丰富，具有故事性和趣味性，引发思考，带来启发，并具有广阔的想象空间。书籍的隐喻可以创造现实（或者说，将虚构变成现实），可以成为未来行动的指南，甚至可以是自我应验的预言。

　　很荣幸能向我们赖以生存的书籍献上这束"隐喻之花"，感谢书籍为这个世界所带来的一切美好与神奇。

# 目 录

# 莱奥尼亚的百科全书

　　在卡尔维诺笔下,莱奥尼亚这座城市最为富足,出版事业也最为兴盛。要衡量莱奥尼亚的富足程度,不必看它的生产销售量,而只需去看看它所丢弃的垃圾,垃圾堆里有热水器、钢琴、瓷质餐具等崭新的物件。

　　莱奥尼亚的每一天都是崭新的,以至于对这些本可循环使用的物件不屑一顾。莱奥尼亚的出版业也相当发达,每天都有大量出版物出版,以至于将前一天的出版物都挤出了书架,扔进了垃圾箱,包括装帧精美的百科全书,都一起出现在垃圾堆里。

　　你也许会认为,在莱奥尼亚会有成群的拾荒者,趋之若鹜地追逐着莱奥尼亚的"排泄物",那可就错了。就连莱奥尼亚的清洁工,对这些崭新而精美的物件也无动于衷,他们同所有的事物一样,也属于莱奥尼亚,他们同样不会把莱奥尼亚前一天的产品,拿回去供当天使用。莱奥尼亚的物资如此充足,以至于并不存在拾荒者。没有了拾荒者的消化与吸收,莱奥尼亚的垃圾越堆越高。

莱奥尼亚的记忆很短暂，人们只记得当天正在发生的事，没有人对莱奥尼亚过去发生过什么感兴趣。在莱奥尼亚，没有我们传统意义上的报纸，因为这种报纸只报道昨天或者更早之前的消息，莱奥尼亚的每一天都是如此新鲜，如此富足，根本没有人在意昨天发生的事情，他们生活在当下，对过去从不留恋。

因此，莱奥尼亚的出版事业必须立足于当下，从当天凌晨零时开始，莱奥尼亚的出版工作者就忙开了，他们必须记录下当天发生的事情。

《莱奥尼亚时报》每日出版 8 次，每隔 3 个小时就有一份新的报纸出版，保证人们可以获得最新鲜的新闻，人们拿到报纸时，往往还能感受到报纸的温度。

莱奥尼亚出版社的任务也很重，城市对出版物的时效要求以及人们对出版物的需求都是如此强烈，使莱奥尼亚出版人不能坐在那里长时间研究选题。莱奥尼亚出版人由各类作家和批评家组成，他们分工合作，各自负责自己的板块，作家们以活页或小册子、单行本的形式快速出版自己的作品，批评家则立即着手对这些作品做出评价，因为没有人会在第二天再回头来阅读这些作品。在当天晚些时候，所有这些作品汇集在一起，在书籍装订人的手中被装订成一本厚重而精美的百科全书，里面汇集了莱奥尼亚当天的精神成品。这些装帧精美的百科全书很快进入莱奥尼亚人的书架，并在第二天新书到来之际被扔进垃圾箱。

据莱奥尼亚最后一本百科全书记载，莱奥尼亚在一次由罐头盒、轮胎、酒瓶、陈年日历、百科全书等组成的"大雪崩"中被毁灭。

在城市濒临毁灭的前一刻,敬业的书籍装订人仍旧从容地装订着最后一本百科全书。

# 微博时代的博尔赫斯

    事实上，有两个博尔赫斯。"另一个"博尔赫斯也是这么说的。一个博尔赫斯已经出版了自己的作品全集，包括平装本、精装本，并且严谨地不再往其中添加任何一笔；而另一个博尔赫斯仍忙于写作一部规模宏大的《书籍史》。我每天都在关注着这部书的写作进展。

    每天，我都要到豆瓣读书上看看，今天博尔赫斯又给大家推荐什么书啦，瞄一瞄他"想读""在读""读过"的书都有哪些。

    当然，我也关注了博尔赫斯的微博，我经常"艾特"他，但是他大概被"艾特"烦了，很少搭理我。不过我仍旧继续"艾特"，我想，在这种情况下，结果无非两种：一种是对方被我的恒心打动，与我互相关注；另一种就是直接被对方"拉黑"了，我将从此无法关注、评论，只能围观，这也太悲催了。

    功夫不负有心人，有一天，微博提示我有一位新粉丝，我点击查看是否又是可恶的僵尸粉，当时我就震惊了，竟然是博尔赫斯！博尔赫斯终于和我互相关注了！每次上悲催的夜班时想起这事，我都有点小激动,忍不住笑出眼泪来,然后精神百倍地继续上悲催的夜班。有了博尔赫斯的关注,我走路时总是昂着头挺着胸,逢人便想对他说:"嘿,知道吗? 我和博尔赫斯互相关注啦!"

博尔赫斯的微博很对我的口味,我所关注的微博,无一例外都与书有关,虽然有的书影是被禁止上传的。我想,这也是博尔赫斯决定关注我的原因吧。

除了谈书,博尔赫斯有时也会发点书房里的照片。你知道,在微博上,类似"作家与书房"的微博是很受欢迎的,转发率非常高。而每次,我总会冲在最前面,抢占"沙发"。

与其他文人喜欢上传些书房里"阿猫阿狗"卖萌的图片不同,博尔赫斯经常上传一些与"猛虎"亲密接触的照片。有时是西伯利亚虎,有时是孟加拉虎,照片里老虎或用舌头舔着博尔赫斯的脸,或亲热地把爪子搁在博尔赫斯头上,引得粉丝一阵惊呼,纷纷点赞。

令人遗憾的是,有一天,博尔赫斯突然发布了一条消息,宣布不再更新微博。博尔赫斯说,微博对阅读的影响是巨大的,虽然对他的视力没多大影响,但是已经影响到了他的写作,他决定暂时离开微博世界,全身心投入《书籍史》的写作当中,以免辜负读者和出版商的热望。

话虽如此,但你知道,老年人的心理就像孩子似的。偶尔博尔赫斯还是会突然冒出来,发一条简短的微博,或上传一张"猛虎照",向粉丝们问好,并透露一些最新写作进展。虽然更新少了,但是博尔赫斯的粉丝数量依旧在不断增加,我想,这大概就是博尔赫斯"像数学一样简洁"的魅力吧。

# 门德尔图书馆

在某些书店或图书馆,你都可能会碰见这样的管理员,当你向他们询问某本书时,他们往往双手一摊,用一句话就把你打发了:"都在书架上,没有就没有了。"

当然,有时,他们也会出手相助,绕着书架逛一圈,然后双手一摊,还是用一句话把你打发了:"这本书已经没有了。"或者已经卖掉了,或者已经被借走。但你经过自己的努力,往往还是能在书架的某个角落找到你所要的书。

而在门德尔图书馆,你永远不会遇到这样的情况。这也是门德尔图书馆刚开业时打出的广告——"想到,你想不到的;找到,你找不到的。"在门德尔图书馆,你永远不会失望而归、空手而回。

门德尔图书馆的管理员非常热情,当你报上所需的书目时,你往往会得到更多,管理员会向你提供一份令你瞠目结舌的书目——你原以为你决定深入研究的人不大出名,资料少,容易穷尽,没想到还有这么多可供参考的著作,这实在是出乎你的意料。

有时,你甚至是抱着这样的心态前往门德尔图书馆:你信心满满地拿着一份自认为已经非常详细的书目,并认为不可能再多了,你迫切地想通过管理员来验证自己的成果。你满怀期待地等待着结果,但是不过片刻,管理员便列出了一份更为详尽的书目,包括每本书的出版者、出版年代和价格。如果你愿意等待,你还会得到更多的相关信息。

门德尔图书馆的管理员无疑是一部真正的"百科全书",一部包罗万象的图书目录。

你在惊愕的同时也发出了疑问:"这些书都能找到吗?"你担心这些书目中有些书已经"死"了,绝版了,不再存在于书架上,已经化为灰烬,只是作为一个书名存在于管理员的大脑中;或者甚至只是管理员为了炫耀自己的学识而杜撰出来的,并不曾存在过,这是完全有可能的。

但管理员只是微笑着,指着墙上的那句话,告诉你,"想到,就能被找到"。

# 卡尔维诺的月球计划

卡尔维诺曾计划把书房搬到月球上去。

月球曾经离地球很近。在月球离地球最近的时候，只需划着小船到月球下面，架上木梯就能爬上去。

其他人到月球上去是为了采集"月乳"。而卡尔维诺的想法则是，在月球上盖一座小木屋，用来保存那些在地球上无法得到妥善保护的书籍。

卡尔维诺想把书房搬上月球，并不是因为月球离得近，想打造一个"夜晚的书斋"，恰恰相反，正因为他知道月球有一天会远去，没有了来自地球的近距离干扰，那些珍贵的书才能得到最大限度的保护。

不过，这个计划实行起来难度是很大的，因为船实在太小了，而船上的人又太多了。书可以少带些，人却是难以精简的。

每个月总有那么一个夜晚，卡尔维诺坐在小船中央，小心翼翼地守护着一堆书，在船长及其妻子、老 QFWFQ、聋子、小希恩息的协助下,来到金礁湾,在其他人采集"月乳"的时候,卡尔维诺独自一人把书搬到月球上的那座小木屋里。

然而,月球的快速离去,终止了卡尔维诺的计划,卡尔维诺没能把那些书都搬上月球。

不管怎样,卡尔维诺毕竟在月球上留下了自己的足迹和书籍,而月球也在卡尔维诺脑袋上留下了亲密一"吻"。

在最初登月的过程中,卡尔维诺的动作还不是那么熟练,结果一头撞上了月球表面。这次经历对卡尔维诺的影响是巨大的,以至于后来他的医生宣称自己一生中从未见过如卡尔维诺这般"复杂精致"的大脑结构。

# 卡夫卡变形记

　　《变形记》写作于1912年11月下旬至12月上旬,卡夫卡曾打算以"儿子们"为题,将之与《判决》《司炉》结集出版,但是没有实现。

　　1915年,莱比锡库尔特·沃尔夫出版社出版了《变形记》单行本。卡夫卡曾为此书的封面设计致函这家出版社,要求出版社千万别把那只甲虫画到封面上。最后,封面上画的是一个孤苦的青年哭泣着走出家门。

　　虽然如此,我们还是固执地把卡夫卡和"甲虫"联系在一起,正如一想起济慈,我们就会想到"夜莺"。

　　卡夫卡在《变形记》里"残忍"地将格里高尔·萨姆沙变成了一只甲虫。毫无疑问,他并不喜欢甲虫,甚至不希望在书的封面上看到甲虫的形象。

　　一个人一旦变成了别的东西,是不会再受到人类世界欢迎的。这一点在故事里可以看得很清楚。但是,隐藏在故事背后的问题是,到底是谁,是什么力量,把人一点一点地变成别的东西?那些日积月累的细小变化,终于在某一天产生了质变,最终,将人变成别的东西。

卡夫卡没有注意到的是,他和所有夜间活动的事物一样,也在发生着变化。所有"夜里钻进藏书室工作,白天休息"的事物身上,都在发生着神奇的变化。没有人知道,在"夜晚的书斋"里都发生了些什么,但是,它确实发生了。

故事的开头是这样的:"一天早晨,弗兰茨·卡夫卡在写完最后一页手稿后,发现自己坐在书桌前变成了一本巨大的书。"

他想,他刚才一定是打瞌睡了,否则怎么可能没有注意到发生在他身上的变化?他已经工作了一整夜,本想去躺下休息的,但是,作为一本书,他觉得自己不能倒下。他穿得实在太厚了,黑色外套紧紧地绷在坚硬的封壳上,他想把外套脱下来,但是做不到。

现在,他的领带,已变成了一根细长的书签,柔软地垂到了地上。走路时如果不小心踩到,肯定要摔跟头的。他必须小心翼翼地左右摇晃才能挪动自己庞大的身躯。

他翻开自己,垂下头,努力向下张望,一眼就看到了那"最初的痛苦"。而现在,更让他痛苦的是,他身上的每一页的上方,竟然都画着那只昆虫。

一只飞蛾飞过来,他努力躲闪着,以免飞蛾飞进自己的身体里变成标本。他想,也许很快,他就会摆脱这一局面,这一切也许只是一个过于真实的梦。为了证实这一点,他试着挪动身躯往桌角磕了一下,一种隐隐的痛渐渐传开了。

他意识到，发生在格里高尔身上的事情，正在自己身上发生。他预感到，他的生命正面临着某种困境，如果他还活着——他当然还继续活着，那么，他将不可避免地处于一种尴尬的境地。

因为，他现在变成了一本书，而一本书不可避免地要被翻阅。如果他死去，这当然不会有什么问题，问题正在于他还活着，这种"自我暴露"使他产生了一种强烈的"羞耻感"，这将是对一个活体的"解剖"，他无法忍受这种痛苦。

他昂起头，用力将自己夹紧，他甚至希望有一条结实的皮带，可以把自己绑紧，这样，他就能避免那些尴尬的场面发生。没有他的准许，将没有人能够随意翻动他。

他这么想，同时感到一丝欣慰，因为，这也意味着，以后，他可以将自己的手稿藏进身体里，而不用担心勃罗德的"抢夺"。

他唯一担心的是，当他作为一本书死去，人们将不会再顾及他的卑微的感受，他将被"掐头去尾"，按照人们的意愿做成一本更适合于书架安放的书，或者将其拆散重新装订，甚至在上面任意涂抹修改，这都是有可能的。但是，对于这可能发生的一切，他已经无力掌控了。

# 星期三书店

在那条街上,有一道风景特别令人难忘。

那是紧挨在一起的七家书店,每次经过,我都能感受到时间的流逝。

"星期一书店"主营商务书籍,人们是那么忙碌。

"星期二书店"主营哲学书籍,人们在那里沉思。

"星期三书店"主营历史书籍,人们的脚步沉重。

"星期四书店"主营生活书籍,生活总是在别处。

"星期五书店"主营侦探小说,当然也卖放大镜。

"星期六书店"主营儿童读物,到处充满欢笑声。

"星期天书店"是家综合书店,适合休闲、娱乐。

它们各有自己的特色和颜色,从外观上看,它们就像一道彩虹。

说实话,我不喜欢红色的"星期一书店",当然,逛书店嘛,只要是书店,哪怕卖的是纺织服装类的书籍,我也会进去逛一圈的,但是我停留的时间不会太久。我总希望星期一的时间快点过去,因此,在"星期一书店",我也像其他人一样,加快了脚步。

在橙色的"星期二书店",我开始放慢了脚步,感受哲学带来的慰藉。"星期二书店"是温暖的,这也许和它的色调有关。"相约星期二"是"星期二书店"的口号,每个星期二,我总是如约而至。

在黄色的"星期三书店"门口,我总是要先活动活动筋骨,特别是手指和臂膀,里面的大部头书籍是那么厚重,把它们从书架上拿下来并托住它们,需要勇气和毅力。书店里配有高大的衣架,在冬天,搬动沉重的书籍后,你无疑需要把外套脱下来挂到衣架上;有舒适的沙发,坐在沙发上,你可以在相对静止的状态下感受历史的流动;当然还有梯子,它会帮助你挑战更高处的书籍。

"星期三书店"的读者,往往会在书店里待上一整天,他们不像"星期一书店"的读者总是匆匆地闯进去快速从书架上拿走一本书或杂志翻也不翻就到收银台结账,他们的脚步沉重,他们总是缓慢地移动,从一本书到相邻的另一本,往往需要很长的时间。他们读得很慢,也不急于买书,有时甚至把一本书读完才会把书买回家。

在"星期三书店"与"星期四书店"之间行走,耳边总会响起女诗人米蕾的那句诗——"假如我星期三爱过你,那对你会有什么意义?星期四我不再爱你,这同样是千真万确的事。"

在"星期四书店",你会找到那些书,它们将帮助你解决生活中碰到或即将碰到的问题。书架按人生中的各个阶段进行分类,从未成年人的各个成长阶段到成年人的婚恋、家庭、孕育、疾病、养生,可以说,从生到死,都可以在这里得到解答。

在这里,人们总是各取所需,根据分类,走向自己的区域。生活在别处,生活中总是充满各种各样的问题,促使你再一次走进"星期四书店"。

每当你厌烦了生活中的琐碎与繁杂,你就会走进"星期五书店",感受致密的推理和紧张的节奏。在这里,每个人都神秘兮兮的,他们仿佛都是带着放大镜的福尔摩斯,不放过每一个蛛丝马迹。在这里,一切事物都是有关联的,所有的行为都有其动机。人们在走进"星期五书店"前和走进书店后,是两种完全不同的状态,他们特别喜欢这种感觉,人们喜欢"星期五书店",就像人们从不讨厌宜人的周末。

"星期六书店"是亲子活动的好去处,当然你也可以把孩子寄托在书店里,然后钻进"星期五""星期四""星期三""星期二"……但你大概不会想要回到"星期一",因为它很快就会到来,你甚至希望它能放慢自己的脚步。

"星期天书店"可以说是六家书店的缩影,其他书店有的类别,在这里都有,只是不像其他书店那么深入。人们从星期一走到星期天,确实需要有这么一家书店,来进行一个总结与回顾,好让星期一到来时,不至于那么陌生。

这七家书店,仿佛遵循造物主的旨意,和谐地共存着。它们坐落在那里,就像一道美丽的彩虹。这些书店永远不会消失,因为人们绝对不想失去一星期里的任何一天。

"这七家书店,你最喜欢哪一家?"我想,我的答案会是"星期三书店"。不论时间的脚步如何匆忙,到头来,我们都将放缓自己的脚步,回到"星期三书店",在那里,我们打开历史,或者成为历史。

# 2666专卖店

在2666专卖店,你可以买到与《2666》相关的产品。印有"2666"字样或波拉尼奥头像的T恤、笔记本、手提袋、杯子、桌布、装饰画、打火机、手机挂饰、头巾、塑像、手稿复印件……凡是你想到的,或没想到的,都在这里。

店门口停着一部车牌尾号"2666"的车子,店里的联系电话尾数竟然也是"2666",让你惊异于这一切是如何同时集中在同一个地方的。

在2666专卖店,你可以看到各种版本的《2666》,但是只能看,你无法翻阅它们,因为它们全都被挂在衣架上,悬于空中。

这倒是给了你启发,你完全可以把书挂在衣架上,然后,让它们逐渐占据你的衣橱、墙壁、阳台、院子,那些原本不属于它们的空间。这样,它们或许会比在书架上呈现出更多的姿态。

毫无疑问,一本书如果永远停留在书架上,它就永远学不到其他东西。然而作为一本书,它往往被隔绝于世,被集中控制在某个范围内,没有阳光,没有风雨,没有新鲜空气,只有不断循环的尘埃,在落定之后再度被扬起。

在2666专卖店,你可以在那本封面标有"几何学遗嘱"的笔记本上,以图形或文字的方式,留下自己的印记。

在2666专卖店,你不会停留太久,它总是催促着你离去,出发,去别的地方,而不是在书页间游走。

# 神奇的"语法树"

伯利在《书之爱》第十二章专门论述了"语法书之重要"。

"给我一套语法，我将搬动整个世界。"桃先生这么说过。事实上，那些爬上"语法树"的人，最终都搬动了这个世界。

为什么要攀爬"语法树"？在"语法树"下，有一块牌子，上面用四平八稳的字体写着"禁止攀爬语法树"。这倒不是出于对"语法树"的保护，而是因为攀爬"语法树"是被明令禁止的一种行为。

为了禁止人们攀爬"语法树"，语法局特别颁布了《语法执行标准》，并出版了《语法报》，指导人们根据《语法报》上的范例来行文。

《语法报》无疑是世界上最沉重的出版物。一份《语法报》厚达10厘米，重达10公斤，人们将阅读《语法报》视为一项苦役。

人们将《语法报》置于桌面，但是，翻动它的每一页都颇费力气，它实在太大了，以至于翻动它时会遇到很大的空气阻力。人们逐渐发现，《语法报》上的语法，其实是死的，因此，它的每一页，都是那么沉重。

人们将目光投向四季常青的"语法树",它的每一叶都是那么轻盈,像一艘小船浮在平静的水面上,你甚至可以躺在树叶上,仿佛你也随之变得轻逸。但前提是,你得有足够的勇气,冲破禁令,去攀爬它。

《语法报》每年都会举办"语法竞赛",只有严格遵循《语法执行标准》的人才能获得第一名。有一年,语法局的人突发奇想,将获奖作品大张旗鼓地印刷在语法局的专机上,结果导致飞机在起飞时坠毁。后来,语法局更改了语法竞赛规则,他们规定,比赛在高空热气球上进行,最先用自己的作品使热气球回到地面的获胜。

然而,总有些人,怀着对"语法树"的憧憬,不顾一切爬上"语法树",他们越往上爬,就越觉得自己身轻如燕。在高处,每一片叶子上都布满了神奇的语法,他们用这种语法在纸上写字,他们甚至比赛,看谁的纸飞机飞得高,飞得远。

"语法树"不断向上生长着,说不清有没有人到达过最高处,但可以肯定的是,地面上的人们常常会看见,天空中一片片巨大树叶在飞行,仿佛一条条飞毯。

# 如何复制一本书

　　通常情况下，假如你要复印一本书，你需要把书摊平在复印机上，将盖子盖上，就这样一页页地复印过去，总难免对原书造成一定的损伤。那么，如何复制一本书而不至于对原书造成损伤？

　　据《剪影术大全》记载，有两种方法，可快速获得一本书的复制品，而且对原书没有丝毫损伤。

　　一种是把书拿到太阳底下，在适当的角度，你将得到一个完美的书影，接着，拿出你的"剪影刀"，将书影从书籍底部裁下，然后，将书影置于书房，吸取油墨书香，一周后书影渐渐成形，成为该书的"阳本"。"阳本"适合在寒冬时节阅读，阅之犹如沐浴在阳光之中，手感温和，书香中带有一股阳光的味道。

　　另一种是把书置于月光之下，方法同上，所得为"阴本"。"阴本"适合在盛夏时节阅读，为消夏极品，手感冰凉，书香中带有一股月光的冷艳气息。

　　不过，必须注意的是，"阳本"与"阴本"之间会有细微的差异，同时请注意,切勿将"阳本"与"阴本"放在一起对照阅读,这将对书造成极大的伤害,所产生的化学反应对人体亦有害。

至于原书,请不要在短时间内频繁使用剪影术,因为书影的成长需要一个过程。一本书的书影被裁剪后,需要在晴天将原书拿到阳光下或月光下晾晒,大约一个星期后,书影便可长出,三个星期后,书影就长得相当可观了,一个月过后,如果你需要,就可以施行第二次剪影术,获得第二本复制品。在这期间,还要注意天气的变化,如遇雨天,一定要确保原书待在干燥的书架上,而非露天衣架上或晒衣服的绳子上。

当然,这一切的关键就在于,你必须有一把"剪影刀"。

# 听伊索讲故事

　　一有空我就去造船厂听伊索讲故事。

　　我不明白，为什么伊索那么喜欢待在造船厂里。造船的工匠从未出过海，他们能带给伊索什么呢？有一次，我走进造船厂时，伊索正哈哈大笑，他大概刚讲完一个什么笑话，工匠们则个个脸色铁青。

　　在伊索所讲的故事里，我最喜欢《鹰和屎壳郎》。这也许不是伊索最出色的故事，但却是伊索最喜欢演绎的故事。

　　在讲述这个故事时，伊索时而装作老鹰，追赶着兔子；时而扮演兔子，向屎壳郎求救；时而又化作屎壳郎，恳求鹰不要抓走兔子。但鹰还是当着屎壳郎的面，把兔子吃掉了。

　　故事最精彩的部分在宙斯出现之后，当屎壳郎滚着粪球，将粪球扔进宙斯衣兜里，伊索瞬间从卑微的屎壳郎化身为伟大的宙斯，只见他猛地站起来，将粪球抖到听故事的人身上，引起一阵惊呼。我不明白，他的粪球是从哪里变出来的，难道他一直随身带着粪球？

　　伊索本人也很喜欢这个故事，有时在观众要求下，还会连演好几场,观众们无疑都想亲身体验一下被粪球击中的感觉,这实在是太刺激了。

除了讲故事之外,大部分时间伊索是沉默寡言的。也许是为了听伊索讲故事,造船的工匠经常嘲笑伊索,激他回话。这办法还真管用,伊索经常在受到激将之后,即兴创作出全新的寓言故事。伊索似乎具有一种天赋,他可以随心所欲地将枯燥乏味的现实生活转换为生动有趣的艺术作品。

可以说,伊索要么沉默不语,要么就以寓言的方式对人们说话。渐渐地,他所说的每一句话,似乎都带有某种寓意。当然,有时伊索也会讲一些"低趣味""无意义"的故事,但这无疑也是伊索生活的一部分,毕竟,伊索是一个活生生的人,而不是一本经过伊索时代书刊检查官删改的书。

# 乡下人与敞开的门

在法的门前，有位守门人，他看守着一扇据说为每个人而开的门，但是乡下人至死也没能进入这扇门。

临死前，乡下人将记载着自己多年来所有经验和疑问的小册子交给守门人，希望他能代为转达，虽然他进不了这扇门，但他希望守门人能将他的声音带进去，他甚至希望自己的经验会对其他人有益。

守门人虽然收下了这本小册子，但只是为了让乡下人在临死前不至于认为自己还疏忽了什么，他该做的都已经做了，甚至很有可能在他死后还能起到某些作用。

乡下人死后，守门人把小册子扔到一边，他很忙，他也正在撰写一部汇集了其一生所有经验和经历的书。他这辈子见过各种各样的人，他们都想绕过他、通过他进入这扇门，到达法的腹地，这当中发生了多少有趣的故事啊，他必须写下来。

守门人的书——《我在法院看大门》，很快就出版了（这对于守门人来说太容易了,他几乎是一个"名人",而且,就像画家说的,"所有的人都是法院的",或者说,都和法院有着某种联系,只要动用一点关系,没有什么办不到的事情)。这本书引起了"轰动",读者排着长龙购买这本书,其中很多人都和那个可怜的乡下人一样,终其一生都在探索着这扇法律之门,他们急切地想知道,守门人在这扇门前的种种故事,以及他的喜好,以便更好地和守门人打好关系。

许多年以后,终于有人注意到角落里这么一本小册子,上面写满了乡下人在黑暗中对法律永恒之光的追寻,写满了对法律之门的探究与疑问,写满了对这扇门以及守门人的观察与速写,他甚至对守门人皮大衣领子上的跳蚤也做了速写。

乡下人的书——《敞开的门》,历尽艰难,终于得以出版。在这本小册子的扉页上,写着这样一段话:"在法的门前,有位守门人,他看守着一扇据说为每个人而开的门,但是乡下人至死也没能进入这扇门。"

# 食书兽

有人说，未来十年，大家都会集体变卖实体书，转而拥抱电子书。因为实体书终究是一种牵绊。人们用上半生买书，而在下半生急切地变卖那些心爱之物。

其实大可不必。

养一只食书兽，它会帮你吃掉不想要的书，当然也不会白吃你的，因为它的粪便可入药，可以拿到药店去卖，换了钱再买书，解决爱书人的后顾之忧，简直就是一架自动吐币机。当然你也别想忽悠它，它对书也是有要求的，并非来者不拒。

猫不喜欢别人打扰它进食，食书兽则没有这么讲究，它甚至喜欢你亲自给它喂食，把书页一片片递给它。看着它细嚼慢咽的样子，你会感到惭愧，想当初，自己看这本书都没有如此细致。越这样想，你越希望这本书早点消失。当喂完最后一页，你终于如愿，甚至都想不起那本书的样子（假如你没有存留复本的话）。现在你要做的，只是安静地等待，等待一个结果。

# 藏书者的烦恼

　　未来世界有这么一个地方，统治者对人民的关注细致入微，甚至具体到每个家庭可以保有多少图书。

　　事情是这样的，在屡次发生楼房坍塌事故之后，调查委员会公布了一个令人震惊的结果：楼房坍塌是由现代家庭藏书过多造成的。比如有一户人家阳台坍塌，就是因为房主带了些书到阳台阅读，造成阳台负载过重。

　　于是，没过多久，图书也被列入动产登记范畴，每个家庭都必须申报藏书数量，每个家庭最多只允许收藏500册图书，超出的部分则予以充公。

　　当然，具体留哪500册图书是可以由所有者自选的，充分体现了公平自愿原则。假如家庭藏书不足500册，自然皆大欢喜。但问题在于有的家庭的藏书往往是多年积累，一年积500册，十年就是5000册，甚至更多，有的家庭甚至堪称私人图书馆。

　　这可苦了藏书者，要在图书馆里挑出500册书来，并不难，难的

是如何舍弃 500 册之外的其他书籍。在藏书者看来，几乎每册书都
有被保留的理由。

# 关于书籍的至理名言

"书籍不会消亡,除非将书籍爱好者一网打尽。"

——博尔赫斯《书籍史》

在《书籍史》出版三百年后,帝国统治者终于认识到博尔赫斯的睿智。几乎在一夜之间,帝国疆土上的书籍爱好者都"消失"了,没有了他们,纸书不再有市场,再没有人为了一堆故纸而疯狂,也没有人四处宣扬"纸书不死"的荒谬理论。人们可以毫无顾虑地躺在阅读椅上,连接阅读端口,进行"阅读",所有的信息都通过端口输入体内,成为记忆的一部分,而不再需要通过触摸纸书,用眼阅读。而以往,人们在进行这种"阅读"时,还得提防纸书爱好者冲进来,断开他们的连接,那种感觉实在是可怕,往往还伴随着一种轻微的负罪感。

纸书爱好者是如何被发现的?很简单,因为他们始终是暴露着的,他们几乎每时每刻都在试图与人们分享自己的书籍知识,他们不断地拍摄书影,上传到书库,只要搜索一下,很快就能得到一份清单。为了彻底清除纸书,帝国议会授权成立了"纸书终结委员会"
(Paper Books Finality Committee,简称PBFC)。PBFC最初的工作是
收缴并销毁流通中的纸书,他们相信,随着纸书出版业的消亡,流通
中的纸书将会越来越少,总有一天纸书时代将被终结。他们甚至通
过估算,得到了一个看起来并不那么可靠的数字,这个数字代表着
这个世界上现存的纸书数量,他们过于相信这个数字而忽略了一个
问题,即这个数字仅代表纸书的种类,如果扩展开来,每个种类下都
有不同版本、译本的存在,每种版本、译本都可能存在数量不同的复
本,而各种版本及复本往往又是纸书爱好者的一大癖好。他们没有
料到,纸书在过去时代中的繁衍如此兴盛,超出了预估,令他们疲于
奔命。

帝国统治者并非不清楚书籍所具有的力量,相反,统治者敬畏
这种力量,也正是因此,统治者想要独占这种力量,终结纸书时代,
使被统治者从一种主动的阅读、思考,进入一种被动的识别、输入。
也因为纸书存在一种版本上的权威性,对纸书的膜拜使得统治者发
行的数字版本受到了挑战,纸书爱好者往往会指出纸质版本和数字
版本之间的巨大差异,令统治者极为不悦。需要指出的是,统治者
进行的阅读,同样是纸书的阅读,这一点人们并不知晓,因为它几乎
是隐蔽的,在统治者所建造的"书籍方舟"里进行。在"书籍方舟"
里,几乎所有真正有价值的书都得到了种类上的保存。也正是在
"书籍方舟"里,统治者读到了博尔赫斯关于书籍的至理名言,并决
定付诸行动。

"书籍不会消亡,除非将书籍爱好者一网打尽。"统治者读到这句话,他的眼里闪过一丝光芒,似乎有一扇门打开了,他的嘴角露出近乎邪恶的笑意。当然,千万不要以为博尔赫斯是统治者的帮凶。在《书籍史》中,博尔赫斯说这句话,是为了表达自己对书籍永存的信心,他相信,"书之爱"会永远延续下去,只要有书籍爱好者存在,书籍就不会消亡。但是,谁也无法阻止统治者的断章取义,并从中获得巨大灵感,这句话仿佛一个开关,开启了一个能量巨大的核反应堆。

别担心,纸书爱好者并没有失去宝贵的生命,他们几乎是被"邀请",迁至一个巨大的建筑群。他们被告知,有一个"纸书保护委员会"(Committee for Paper Books Conservation,简称CPBC)可以保护他们免受PBFC的侵扰,同时还可以提供可靠的藏书环境,保护他们的人身和书籍的安全。CPBC还承诺,鉴于纸书爱好者长期以来为保护书籍所做出的努力,他们将获得委员会提供的特别基金,帮助他们继续进行这项事业。起初他们是有疑虑的,因为他们受尽了PBFC的骚扰,CPBC这样的组织对他们来说只存在于童话中。

# 世界上最精彩的书

　　在一个巨大的书库里，一项伟大的事业正在进行。这里的书不存在复本，每种一本就足够，甚至是太多了。它们整齐地列队，等待接受某种检阅。这种检阅不是像飞鸟在空中一掠而过那样，而是必须一页一页检索过去。检阅者目不转睛地盯着书页，但在每一页上停留的时间都是严格把控的，必须如此。面对如此庞大的项目，检阅者必须争分夺秒。

　　自从这项事业启动以来，检阅者已经在书库里度过了无数这样的日子。这种工作枯燥吗？不，正相反，很有趣味性和挑战性。因为，能够进入这个书库的书，已经过一番精心筛选，检阅者只需用鉴赏的目光来审视这些书，在鉴赏的同时，完成自己的工作。

　　检阅者面无表情地工作着，这种快速阅读使他的脸部肌肉无法及时做出相应的反应。虽然动作略显机械，但他的头脑是清醒的，他不容许自己开小差，因为他承担的是一项如此重要的工作。也许哪天，他的工作成果将出现在世界博览会上，接受参观者的检阅，想到这里,他坐得更直了。

多年来,检阅者已形成了快速果断的工作风格,不过,必须承认,刚开始这项工作时,他是有些优柔寡断的,毕竟,要在一本书中挑选出最精彩的那一页,确实需要一些时间,但这却严重影响了工作效率。书库里的新书不断增加,已检阅完成的书却跟不上这种速度,他为此受到了批评。而现在,他已完全能够胜任这项工作。

每天,他的检阅台上都堆满了书,但这对他来说已不构成任何压力。他沉着地开始了他的工作,以每秒一页的速度前进着,在他认为精彩的部分,他会稍微放慢脚步,但很快又会快步赶上进度。计时器显示,检阅一本250页的书,耗时4分37秒。

也就是说,把一本250页的书放进这台"检阅机",只要5分钟不到,就可以得到最精彩的那一页。而且,这一页在内容上完全具备独立性,丝毫不拖泥带水,在情节上也不需要前瞻后顾,也最具有代表性。

于是,书上的那一页被裁下来,它将以活页的形式汇入一本巨大的书中。谁也没有真正见过这本巨书,只是知道这本书的存在。它不断翻动着,纳入新的页面,远远未完成。检阅者虽然见过其中的部分页面,但他只是无数检阅者中的一个。唯一可以肯定的是,这本书将是世界上最精彩的书。

# 书的自白

生而为书，我很遗憾。首先，我的降生不是我能选择的，我无法选择出生地，无法选择肤色，无法选择语种，无法选择进入大英图书馆或者废品回收站，我甚至无法裹紧自己的衣服，不让他人窥探我身上隐藏的秘密。

我并不完美。当然，假如幸运的话，我可以在旅途中保持完美的外形，脑袋没有撞出坑，脸上没有疤痕，腿脚也没有瘸，以挺拔的姿态出现在你的面前，当你仔细打量我而且短时间内并不打算进一步了解我，我在你眼里会是完美的。但是，当你逼近我，开始打探我的过去，我的缺点就开始一点点暴露了。

也许你会发现，我并不如外表那么精致、光鲜，也许环衬粘贴得不够整齐，也许正文印刷有些倾斜，也许书页有些褶皱，也许纸不够厚字还有点透页，也许存在印刷上的问题……甚至，有些缺点我自己根本意识不到，但，请相信，我还是我，独特的我，因为没有两本书是完全相同的。只要你愿意，你就可以在茫茫书海中认出我来，哪怕这需要花上一点时间。那时,我的缺点,会成为我醒目的标志。

生而为书,我很遗憾,我无法选择自己的生命轨迹。但是,在冥冥之中,又似乎有一种力量在推动我的脚步。我会经过许多驿站,有时是短暂的停留,有时是长时间的沉睡,直到在下一站被唤醒。细心的人会为我梳洗打扮一番,让我在旅途劳累后焕发出应有的光芒;粗心的人通常会把我遗忘在某个角落,使我落满灰尘。我讨厌那样的时刻:细小的虫子爬进我的身体,慢慢啃噬我的内脏,模糊我的记忆。古老的昆虫在我身上留下难以抹去的印记,假如我可以站起来,我一定会一脚踩死它。

好在,辉煌的时刻与艰难的时世往往都不会持续太久,对于书来说,只要足够走运,很多事情是可以"活久见"的。我遇过那么多人,见过那么多事,但是别担心,我一定会守口如瓶。我的命运使我专注于自身的记忆,我的存在,就是等待,等待一个人,听我诉说我与生俱来的记忆,哪怕说着说着他就老了,哪怕听着听着他就睡着了。我会继续等待,等待下一个听众,哪怕他什么也看不见,只要他愿意抱紧我,我就会继续说下去,直到再也说不出一句话……

# 迷宫制造者

要造一个迷宫。

前来应征的设计者首先被要求在纸上画出初步设计图,由雇主做出挑选。设计者们很快提供了各自的方案,力求让雇主以最长的时间通过自己设计的迷宫。

入围的设计者接着被要求用书墙作为隔断,设计出最大容量的书墙。设计者这才明白,自己接手的项目其实是一个"书的迷宫",而雇主则是世界上大名鼎鼎的一位书痴。

迷宫很快进入建造阶段。据说在装修后期,施工进度一度停滞,施工队不得不停下来援救迷路的工人。雇主对此非常满意。

迷宫造好了。雇主没有雇佣搬运工,他必须亲自将书上架,以便掌握对迷宫的主导权。他花了半年时间来完成这项工作。现在,"书的迷宫"已经彻底完工。

对于书痴来说,最大的乐趣无疑是进入"书的迷宫",他必须不断进入,以便克服记忆的逐渐衰退,但不得不承认,记忆的逐渐模糊又会反过来增强迷宫的趣味性。

每次有客人提出要进入迷宫,书痴的脸上都会露出令人难以捉摸的微笑,然后对客人礼貌地说:"你确定? 跟紧我。"行进的路上,假如客人一不小心情不自禁地说出那句书痴最不愿听到的话——"这么多书你都看了吗?"那么,在下个拐角,这位客人很有可能会迷失方向。这是迷宫制造者对冒犯者温柔的惩罚。

# 贺拉斯的小小愿望

两千年前,一个自嘲"又肥又胖、五大三粗"的诗人曾许下自己小小的愿望——"愿我只拥有现在的东西,甚至更少;愿余生为自己而活,若神还许我变老;愿我有很多的书,有当年够吃的蔬果;愿我不要在动荡的时辰里随希望起落。"

两千年后,这些小小的愿望仍然足够打动人心,这些愿望仍旧是人们所共同祈祷的。

为了拉近读者与诗人的距离,贺拉斯纪念馆引进了3D全息影像系统。通过全息影像,读者可以轻松跨越两千年的历史鸿沟,进入贺拉斯的世界。

面对全息影像,你可以输入任意关键词进行检索。

假如你正犹豫不决,不知该如何开始,贺拉斯会微笑着告诉你——"开始便是事成的一半。要勇敢,要明智。"

假如你正虚度光阴,找不到人生的目标,他会告诉你——"要把新的一天想象成你的末日。你所不曾指望的时刻将会变得光彩。"

假如你正彷徨失意，不知如何面对明天的曙光，他会告诉你——"永远不要绝望。别问明天会怎样，且把命运之神给你的每一天当作收益。"

假如你身陷险境，他会告诉你——"当环境凶险时，要时刻记住保持头脑冷静。"

关于幸福与财富，他会告诉你——"世上没有完美无缺的福运。不要把家财万贯的富豪当成幸福之人。只有当一个人知道怎样巧妙地使用神明所赐给的天赋，怎样去忍受贫寒艰苦的生活，只有当他甘愿舍身也不容羞辱时，他才称得上幸福。"

关于时间或拖延症，他会告诉你——"在我们交谈之际，时光在偷偷摸摸地溜走。摘下今天的成果，绝不要依赖明天！"

关于真理，他会告诉你——"到学术的园林里去寻求真理。"

……

在这个嘈杂纷扰的世界，贺拉斯的回答给无数灵魂带来了宁静与慰藉。当被问及自己的愿望时，诗人只是低声说道："如果你把我放在抒情诗人的行列里，我将昂起头来，碰着天上的星星。"

# 卡尔维诺的"文学机器"

在卡尔维诺纪念馆,卡尔维诺的"文学机器"至今仍在运转。卡尔维诺的"新书"也将源源不断地出版,对于全世界的卡尔维诺迷来说,这无疑是一大福音。

1980年,卡尔维诺的新书《文学机器》出版后,读者开始注意到这台"文学机器"的存在。在那篇同名文章中,读者了解到,从卡尔维诺20岁立志成为一名作家开始,他一生的工作,便是将与时代休戚相关的科学、哲学、政治学的"零件"置入这台"文学机器",不断地磨合,不断地调试,不断地将转瞬即逝的灵感变成可触可摸的成品,将原始材料加工成权威文本。

神奇的是,卡尔维诺去世后,这台"文学机器"并没有停止运转,卡尔维诺文学遗产负责人小心翼翼地呵护着这台机器,就像卡尔维诺在世时所做的那样,定期维护、保养,并按时将每日具有代表性的资讯输入其中,然后安静地等待着一篇篇具有卡尔维诺独特风格的作品诞生。几乎每个读过这些文章的人都认为,卡尔维诺仍然活着,这些新作就是证明。

　　尽管卡尔维诺仍然与时俱进地出版着新书,创造着文学史上的奇迹,但是诺贝尔文学奖评审委员会仍然固执地不愿把奖项颁发给一位对他们来说已经死去的作家,更别说一台"文学机器"了。

# 作家的笔记本

　　作家的笔记本上写满了不愿示人的灵感碎片，他的脑袋里不停闪现出一些关键词，多年来，他已形成一个习惯，不论正在做什么，他一定要把这些关键词记录下来，哪怕多年以后他已无法辨识这些关键词到底代表着怎样的梦境。

　　通常是躺在床上的时候，身体正在休息，但大脑依旧飞速运转，灵感不停闪现，转瞬即逝。为了不失去这些东西，他不得不频繁起身抓起笔记本将关键词记录下来，有时还在关键词旁边加上一些注释，以便日后能够多少回忆起一点东西来。

　　对于作家来说，这些日积月累的关键词或短语、短句，代表着某本书的目录，是灵感的核心，只要抓住它们，就可以回忆起全部的梦境，进而完成伟大（或渺小）的写作计划，对此，作家信心满满。根据笔记本上的内容，作家保守估计，自己至少有5部作品的写作计划已经提上了日程，只差实际动手去写了。

　　但实际上，每当作家翻阅自己的笔记本时，他能够马上回想起来的东西寥寥无几，甚至有的字迹自己都难以辨识。虽然如此，这项工作仍要继续坚持下去，这是作家对自己的基本要求，就好像是给未来的自己布置的命题文章，反正这些写作计划是要由未来的自己去完成，何乐而不为？作家继续在笔记本上忙碌着。

另一方面，当作家翻看过去的自己记录下的东西，意识到这是一种命题作文，而对方竟然懒惰到只贡献了一个题目和若干提示，他感到非常愤怒，从内心深处拒绝强加给他的这种写作任务，至多从中挑选几个自己感兴趣的题目来完成，其余的照样留给未来的自己。因此，作家实际完成的写作计划并不多。

作家去世后，出版人将作家的笔记本影印出版。这本《作家笔记》做得非常精致，它有一个漂亮的精装外壳和护封，印刷清晰，甚至连笔记本上的瑕疵也原貌呈现。

读者对这本书的反应呈现两极分化。喜欢它的人视为珍宝，因为作家的笔记本一般都是秘不示人的，读者通常只能看到作品的成品，这种连半成品也算不上的作家笔记实在是太难得了，值得收藏，细细品味，在辨识中体会作家的心路历程，从中也可以获得一些灵感。有的读者则大呼上当，没想到还真是一本未经整理的"笔记本"，而且还是影印的。还有极个别读者给了差评，因为自己新买的笔记本竟然已经被别人写过了。

# 死亡是另一种获奖

一位作家曾经说过，对于作家来说，死亡是另一种获奖。

作家去世的消息总是传得很快，每当有一位作家去世，某种机制就立即运行起来。首先是传播媒体，虽然小道消息往往传得更快，但是必须等待权威媒体来发布，以便确保这一消息属实（当然偶尔也会误传）。然后是自媒体，一传十十传百。

几乎同时运行的是图书销售市场，大量读者开始不约而同地进入实体书店或网络书店搜索、购买这位作家的作品，直到某些品种进入"缺货"状态，令人感叹晚了一步。

这几乎是一个约定俗成的规则，部分读者青睐死去的作家甚于仍在吃喝拉撒的作家，而死去的作家名单里今天又多了这一个，终于可以放心地买来读了。

紧接着是出版机构，几乎不用开会，就可以决定加印或重版作家的旧作，或者出版作家生前尚未出版的作品，最好还能整理出一本作家纪念文集，等等。

　　通常在几天以后,这位作家冰冷的躯体所带来的热度就会逐渐消失。因为,又有新的作家去世了。

# 波拉尼奥与"未知大学"

波拉尼奥，"未知大学"（Unknown University）创建者。

"未知大学"面向全世界敞开，其"录取通知书"随波拉尼奥同名作品《未知大学》同步寄出，但由于种种原因，最终入学的学生并不多。

很多读者非常遗憾地表示，由于《未知大学》这块大砖头买来至今没有开封，以至于错过了当年的入学机会。还有读者对这种寄送方式表示了强烈的不满，谁能想到书里还藏着一份"录取通知书"？

这大概是"未知大学"创建者波拉尼奥和大家开的一个玩笑，当人们对未知事物不再具有强烈的好奇心，理所当然会错过很多东西。这就是"未知"与"已知"的对抗。

在一篇访谈中，波拉尼奥提及创建"未知大学"的初衷。波拉尼奥表示，"未知大学"这个概念并不是他自己的首创，在以往的文学作品中就可以找到。"未知大学"是一个充满神秘的所在，没有人知道它在哪里，教授怎样的课程，一切都是"未知"。因此，他决定将

"未知大学"变成现实,使其成为"未知大学殿堂"中的一座。

据相关资料,"未知大学"主要开设了"美洲纳粹文学""西中比较文学研究""诗歌气化理论研究""阅读与死亡研究",以及"波拉尼奥小说几何学""波拉尼奥诗歌研究""波拉尼奥插画研究"等相关研究课程;并设立有"潘先生文学奖",用于奖励勇于探索未知文学世界的写作者;还成立了"未知大学出版社",致力于波拉尼奥作品在世界范围内的出版与传播。

在"未知大学"所拍摄的宣传短片里,你会看到,就连图书馆也有一个独特的名字——"地狱阅览室"。当镜头扫过"浪漫主义狗"诗社,如果你点击暂停,就能清楚看到墙上的那句话:"写诗是任何一个人在这个被上帝遗弃的世界上能做到的最美好的事情。"

# 尼采的翅膀

　　"翻开这本书以后,可怕的事情发生了。我的背上长出了一对翅膀。而现在,我再也不愿回到地面上!"连续半个月,树上的尼采都沉浸在叔本华的书中,着了魔一般。

　　他强烈地体验到意志的力量,他逐渐习惯使用意志力去控制那对翅膀。谢天谢地,双手终于解放出来,可以专注于捧书,而不需要兼顾其他。他感到自己受到某种幽灵的召唤,他无法停止阅读这本书,生怕翅膀从此消失。他在梦境中曾经无数次体验过飞行,梦中那种缓慢升腾与下降的快感,令他感到一种幸福,遗憾的是,梦醒后,一切都显得那么模糊,令人沮丧。

　　"梦和书构成各自的世界!"尼采忽然想起一句话来。是的,梦的世界和书的世界都是他所迷恋的,两个世界的界限是如此明确。要想进入梦的世界,就得离开书的世界;要想进入书的世界,就得拒绝来自梦境及梦中人的诱惑。而现在,这对翅膀的出现强有力地打破了这一界限!瞧,他同时出现在现实、梦境与书的国度!

"书籍是一个充实的世界，纯洁而精良。"尼采发自内心地感谢书籍所带来的这一切。现在，就像诗人说的，他自由得像小鸟，随处可以栖身。他要猛烈地扑扇这对翅膀，刮起一阵狂风，飞速掠过忙碌众生的头顶，引起一阵惊呼，逼迫人们抬头仰望，异口同声地喊："瞧！这个人！"

# 灵感之书

关于世界上是否存在灵感之书，文学家们讳莫如深，但这几乎是一个公开的秘密。

假如你问那位脑袋里装满了点子的发明家，他会立刻告诉你："天才是百分之一的灵感和百分之九十九的血汗。"同时，他还会补充道："艰辛的劳动是无法取代的。"一句话，光有灵感不行，得付出行动。

诗人几乎是灵感的代言人。有一位诗人曾这样比喻他的工作："在我看来/写诗/就像放风筝/你得等待/风的到来。"没有灵感的眷顾，哪怕付出血汗，也是徒劳。你可以拉着风筝到处跑，累得满头大汗，但你无法让风筝真正飞起来。

当然也有另外一种看法，来自一位散文家，他几乎是强迫自己，每天就算没有什么内容可写，也要挤出一千字，雷打不动。这可以看成是一种写作训练，而且如果能够坚持下去，若干年后，"数量"相当可观。假如将来忽然有灵感之光闪现，训练有素的笔尖一定可以快速将其捕捉,一气呵成。

身为诗人的辛波斯卡对此一定深有感触。每当有人问她"如何才能成为一位文学家",面对这个古老而烦人的话题,她几乎失去了耐性与往日的优雅,她近乎刻薄地回道:"要成为文学家,首先得有点儿天赋!"

在同时身为文学编辑的辛波斯卡眼里,没有天赋的写作与虽有天赋却又拙劣的文笔,实在是令人深恶痛绝。对此,她必须痛下狠手、当头棒喝,确保来信者不会再有提笔给她写信的念头。

# 疯狂炼书术

炼书术士通常在午夜过后开始他神秘的工作。

午夜过后，孤独的炼书房里灯火通明，一位疯狂的炼书术士，正汗流浃背地忙碌着。白天，炼书术士过着普通人的生活，只有在午夜过后，他才能恢复自己的真实身份。在这段最为纯净的时间里，将书中最纯净的精华提炼出来，装入瓶中，贴上标签。

这些神秘而精致的玻璃瓶究竟具有怎样的功效，他没有一一去验证。仅有一次，他将一个装有《审判》精华的瓶子送给了一个年轻人，后来，这个年轻人成了一名律师。但这两者之间是否存在某种关联，他无法确定。

他所做的这一切，只是为了更好地占有那些书，满足自己强烈的占有欲，而非与这个世界分享。是的，他可以拥抱一本书，将书籍堆满整个屋子，与书同眠，为书疯狂，然而这一切都还不够紧密。他必须完全占有书的精魂，让它们在自己的血液中流动。

他的第一件作品标签上写着："《香水》，聚斯金德。"这件作品，开启了他疯狂炼书的旅程。正如他的精神导师格雷诺耶所说:"必须占有这迷人的精魂,我们才能得到内心的平静,否则这辈子就白活了。"

# 阅读的幻象

在未来世界,书籍(特指古老的纸质书)被列入致幻剂毒品一类,受到严格管控。

在《毒品百科全书》中,书籍就被划归为致幻剂毒品:"吸入书籍所散发出来的气味将严重影响人的中枢神经系统,引起情感波动和情绪变化,吸食者会产生时间与空间上的错觉、幻觉,甚至导致自我歪曲,诱发妄想症,出现思维分裂。书籍具有成瘾性,吸食后会出现一种渴求用药的强烈欲望,驱使吸食者不顾一切地寻求和使用该毒品。成瘾后,对书籍的依赖性难以消除。吸食者每天的生活目标只有一个:获得更多书籍。此外,吸食者为达到目的会不择手段,从而失去正常人应有的价值观和伦理标准,整日沉溺于书籍的幻想之中。"

简而言之,在未来世界,书籍成为一种毒品。而在以往,人们只注意到文字所带来的幻象,认为这种幻象是单纯由各种字体引发的。事实上,研究表明,同样一段文字,从书上阅读与从屏幕上阅读,所产生的感觉是不同的。研究小组将研究对象分为两组,一组阅读纸书,一组阅读屏幕上的同一段文字。结果显示,阅读纸书的那组,神经系统都产生了强烈的波动和难以抑制的快感,而另一组则几乎没有探测到什么反应。

# 卡尔维诺的暗示

　　与巴尔扎克三天就能完成一部中篇小说相比,卡尔维诺的写作速度是缓慢的。或者说,卡尔维诺同时写作不同系列的书,有条不紊,这比一口气完成一部作品需要更多的耐性,也要冒更多的风险。因为,假如没有超强的管控和归类能力,到头来很有可能所有的系列都未完成,或者直接乱成一团。

　　"这本书每次只产生一小段,并且间隔的时间也长。"1983年,在一次讲座中,卡尔维诺提到了《看不见的城市》这部作品的诞生过程。卡尔维诺有很多文件夹,里面装着写满灵感思绪的纸片,每当一个文件夹满了,他就开始变戏法似的把这些纸片变成一本书。

　　当然,那些纸片在变成一本书之前,需要经过不断的加工。卡尔维诺需要一个足够大的空间,把纸片像塔罗牌一样摆出来,然后,不断变换纸片的顺序,寻找其自身的定义和位置;同时,不断加入新的东西,搭建起作品自身的结构,直到这些纸片形成一个"移动迷宫",足以使人迷失其间,也可以找到可能存在的出口。

　　卡尔维诺使用短小的章节来构建这些"看不见的城市",是有其目的的。"每个章节都应提供机会,让我们对某个城市或泛指意义上的城市进行反思。"在这句话里,卡尔维诺对读者进行了某种暗示。

　　也许你也留意到,书中这些章节大部分每章一页,独立而完整。假如排版更紧凑一点,就可以做到每一页代表一座城市。或许我们应该顺着卡尔维诺的思路,把这本书拆开,还原成当初纸片的模样,当被这些书页以平展的形式环绕,犹如忽必烈汗一样审视脚下壮阔的帝国版图,我们或许能与卡尔维诺在"看不见的城市"里偶遇。

# 济慈的回信

　　一位颇有才华的年轻人在最美好的年华里遇见了济慈,他在信中向诗人倾诉自己的失意,抱怨自己生不逢时:"假如我生活在两百年前,一定能够引起人们的注意,可是现在,你瞧,就算一百年后也没有人会注意到我的作品。"

　　诗人在这位年轻人身上仿佛看到了自己的影子,在那封更像是写给自己的回信中,诗人写道:"一件美的事物永远是一种欢愉,它的美感与日俱增,它绝不会化为乌有。我们没有理由抱怨,因为我确信这个时候任何真正美妙的东西都会被人察觉。"

　　后来,每当这位年轻人怨天尤人的时候,他的耳边就会响起诗人的声音,于是停止抱怨,他对自己说:"是的,虽然我倾尽了我的心血,我的作品还是不够完美,以致无法为人所察觉。不过总有一天,我将为人们展示一个美妙的世界。"

　　凭着这种信念,年轻人不断地努力着,前进着,当他回顾自己早期的作品时,一眼就看出了众多的瑕疵,甚至是败笔,而这些就是他当初自以为完美的东西。他变得谦虚而严谨，多年来，诗人的那段话已经成了他的座右铭，激励着他在文学的道路上不断前行。

或许到头来年轻人也能和诗人一样取得成功，或许不能，因为做成功一件事实在比做不成一件事更令人惊奇。但是我们必须相信自己所处的时代，正如济慈欣赏夜莺的歌唱，而人们欣赏济慈的诗歌，二者都是真正美妙的东西，我们真的没有理由抱怨。

# 现代西绪福斯

神话总有其现代版。

现代西绪福斯受到某种神力的驱使，将一座书山从一个地方搬到另一个地方。每当他完成一次迁移，将书山重新堆叠起来，他都惊讶地发现，眼前这座书山已经比原来那座增大了不止一倍。他没有多少停歇的工夫，大地从未停止过颤动，为了防止书山的崩塌，他必须开始新的征程，将它一点点地搬到下一个坐标……

神话的核心仍旧是惩罚，一种既无用又无望的劳动。但惩罚的方式出现了变化，现代西绪福斯推动的不再是一块巨石，而是一座由书组成的大山。同时，这座书山还在不断变大。可以想象，现代西绪福斯面对书山时的痛苦与绝望。他早已明白，这座书山将永无止境地生长下去。

当然，现代西绪福斯也有属于他自己的喜悦。那是他站在山顶上，为这巅峰上的美妙风景而感到幸福，虽然幸福总是那么短暂。他的一生，就是将书籍不断聚集、堆叠、移动的过程。有时他觉得自己似乎变成了一个沙漏，连接着两端的细沙，在永恒的时间里，看着它们从一端轻盈地滑向另一端。

# 作家们的目光

　　企鹅出版社曾于2011年出版过一套作家明信片，所收录的100位作家，都是企鹅现代经典系列丛书的作者。

　　当作家们面对镜头，为后世留下珍贵影像，他们敏锐的目光是具有穿透性的。他们知道，被定格的这一刻连接着未来，在未来的某个时刻，自己将出现在某个窗口，继续凝望这个世界，同时，也将受到未来世界的凝视。

　　在这些作家影像中，卡夫卡的照片最为正式，仿佛随时可以作为标准证件照，贴进任何一种表格。他的目光诚挚，面部表情严肃，头发整齐地向后卷曲，面对镜头，他总是那么羞涩，在意每一个细节，同时警觉地防备着这个世界。他就像一名律师，随时准备为自己辩护。

　　纳博科夫正在一辆老爷车后排的"私人移动工作室"里进行着他的"索引卡写作"，当镜头对准他时，他不得不从车窗中探出身来，右手还握着铅笔保持着书写的姿势，似乎在暗示它与左手的索引卡不能分开太久，焦急的眼神仿佛在示意对方快点按下快门。

颜值担当的男神加缪，则旁若无人地看着报纸，神情是如此专注，只见他眉头紧皱，似乎陷入了某种沉思。如此无视镜头，无怪乎这张照片还被作为这套明信片外盒的封面图。

卡尔维诺俏皮地躲在一扇门后，只露出半边脸，仿佛在暗中观察着这个世界。这是全套影像中唯一一张半人像，独具风格。这扇通往卡尔维诺世界的门后，也许有一个小宇宙正在其中旋转。

萨冈坐在打字机前，略带忧伤地注视着前方。这是这套影集中最优雅的一张照片，虽然只拍了侧脸，但是只要看上一眼，你就会爱上她，爱上忧愁。

当你的目光终于停留在普鲁斯特脸上，你会发现普鲁斯特早已凝视你多时。这个时间的天才捕手，能将逝去的每一刻都像蝴蝶一样装进瓶子里，也能在某一天将所有的记忆全部唤醒。

# 阅读的时间

　　阅读无疑需要时间。哪怕一个号称可以快速阅读的机器人,它的扫描录入也需要时间。

　　时间是一块块碎布,然而,如果能够将之连缀起来,你就会得到一块色彩缤纷的布料。在残雪的小说里,就有这么一些老年人,他们终日的活计,就是缝碎布,也不知道他们从哪里搞来这么多碎布,反正,有一个源源不断的源头,在向他们供应这种碎布。

　　这其实也是一个"寓言",他们缝的其实不是碎布,而是零碎的时间,通过将碎布连缀成完整的布料,老人们将零碎的时间完整地展示在我们眼前。

　　阅读的时间也是如此。它是如此零碎。很有可能你刚捧起一本书,就被琐事打断,便只能恨恨地合上书本,抱怨生活的乏味。没有耐心的人,通常都希望能有大块大块完整的时间来阅读,希望能有一间没有门窗的书房,可以闭门谢客,一心只管读书。

　　当然,比"碎布"稍大点的方方正正的时间还是有的,但是,要想得到它必须付出一定的代价，因为，那通常是在零点过后。当周围的一切都沉寂了，躲进心灵的单间，在其中呼吸吐纳，天马行空，自由穿梭在字里行间，仿佛可以读到天荒地老。直到东方露白，才感叹光阴流逝。同时，你也早已明了，夜晚欠下的债，自然要在白天加倍奉还。

正如博尔赫斯在《时间》一文中所说，时间是持续不断给予我们的，而不可能一下都给予我们。虽然我们非常希望"时间银行"能够允许我们透支（这是非常可怕的行为），能够将所有的时间一下子给予我们，去支配，去奋斗，但这是不被允许的，因为我们承受不了这一负担。

# 废墟中的读者

1940年10月22日，位于伦敦肯辛郡的"荷兰屋图书馆"几乎被德军炸成废墟。屋顶塌落，房梁烧毁，天空阴霾一片，梯子、建筑碎片散落一地，到处一片狼藉，然而废墟中的书架依然屹立着，架上的书依然可供取阅。废墟中的图书馆，仍旧以包容的姿态，迎接着读者。你来，它便接纳你。

陆续有读者冒着建筑坍塌的危险，走进这废墟中的图书馆，他们并非没有预见到潜在的危险，而是这其中有更为吸引人的风景值得探索。他们起初怀着悲凉的心情，走进这废墟，渐渐地，他们忘却了废墟，注意力全都集中到书上，他们抬头仰望，高高的书架上，那些经历战火依然高贵的精灵；他们伸手用指尖触碰，碎石瓦砾前，那些依旧可爱的精灵；他们站在废墟之上，双手小心翼翼地捧着书本，专注地读着。

镜头记录下这一刻。这张照片是如此自然，镜头后的拍摄者又是如此小心翼翼，没有惊动这废墟中的读者，真实地记录下了三位读者阅读的姿势。他们在废墟中,依然保持着内心的宁静,这废墟中的书籍,一定给了他们抚平创伤的慰藉与面对未来的希望。

# 阅读的姿势

阅读的姿势是多种多样的。

有的在净手焚香之后,捧着一本书正襟危坐,手是不能换的,书是不能放的,因为,那会使书发生变形,失去触手如新的品相,书签是必备的。

有的随意将书摊开,并使劲压两下,好让书页老老实实地固定在那里,双手好腾出来去做别的事,书签是可有可无的,直接把书页折起便是。

有的双手捧书,诚惶诚恐,唯恐一不留神伤及爱书体肤;有的一手拿笔,随时在书上写写画画、圈圈点点,好不惬意。

有的站着看书,有的蹲着看书,有的坐着看书,有的躺着读书,有的趴着读书,有的在窗前,有的在书桌旁,有的在马桶上,有的在草地上,有的在公车上,总之,阅读本身就是一件非常"涨姿势"的事。

阅读的姿势看似普通,却透露着一个人的个性,传达出一种鲜

活的气息。济慈对此就相当感兴趣，他曾在信中向收信人描述了自
己在写信时的一个场景——

"我现在是背对着它（蜡烛）坐着，一只脚歪踏在垫子上，另一只
脚的脚踵从地毯上微微抬起。这张信纸下面垫着一部关于女仆的
悲剧，我喝下午茶以来一直在津津有味地读它。"

济慈还表示，要是看到任何已故伟人做过同样的事情，他会感
到很高兴，比如说，要是知道莎士比亚在写"生存还是毁灭"时取什
么样的坐姿就好了。在济慈看来，这些细节都是非常有趣的。

# 那些看不见的城市

　　我游荡在那些看不见的城市里。雨后日落时分,空气中弥漫着大象的气味(前提是你必须闻过大象的气味)。我可以告诉你,沿途的景致。

　　在迪奥米拉,你会听到某处凉台上传来女人的喊声,令人放慢脚步。

　　在伊西多拉,你会看到广场上矗立着一座老人墙。

　　在多罗泰亚,你会看到女人都长着一口漂亮的牙齿。

　　在扎伊拉城,你会看到一只猫沿着屋檐流水槽溜进窗户。

　　在阿纳斯塔西亚,你会看到空中有许多风筝在飞翔,而你,曾经是其中的一员。

　　在塔马拉,你会看到招牌林立的街巷,"物"本身的含义远远大于词汇。

　　在吉尔玛,你会看到一个女孩牵着一头美洲豹在散步,人们惊慌地四散,同时回头遥望。

在瓦尔德拉达，你会发现人们仿佛是为了镜中世界而存在。

在埃乌特洛比亚，你会发现这是一个令人羡慕的城市群落，每当居民们厌倦了千篇一律的生活（工作、亲属、房子、街道等等），他们就会搬到邻近的一座空城里，开始全新的生活，全新的工作、全新的景致……一切都是崭新的。

而在看得见的城市里，人们不得不忍受一切陈旧的事物和观念，温驯地接受命运的安排，按部就班，游荡于两点一线或者三点一线，满足于普通生活。然后，在夕阳余晖中，汇进广场上的集体舞，倚坐在步行街的老人墙边。

城市犹如梦境，你可以描述它，但在描述过后，你会发现，城市这座"魔方大厦"马上改变了自己的形态，再次成为一座从未被描述过的城市，所以，马可·波罗又说："不能将城市本身与描述城市的词句混为一谈。"

# 扎伊多拉的故事

在看不见的城市里，我看到这样一座城市，它并不在马可·波罗的叙述范围，而存在于字里行间。

在扎伊多拉，人们从事各种职业，不同的是，人们在从事一种职业之前，完全是空白的，没有相关经验，也不具备专业知识。但是，这没有关系，你会看到，他们在毫无准备的情况下，就给自己贴上了标签。

从未写过诗的人，给自己贴上了"诗人"的标签，从那一刻起，一切就逐渐起了变化，他开始看上去像一位诗人了，不出一个月，他已经可以参加诗歌朗诵会，可以毫不费力地即兴创作，不出一年，他出版了第一部诗集，成了名副其实的诗人。

在扎伊多拉，同样也有粉刷匠，你也许闹不明白，怎么会有人给自己贴上"粉刷匠"的标签？他完全可以给自己贴上更好的标签，比如"画家"，但是，他偏偏就选择了"粉刷匠"。不过，这点无须我们操心，因为，世界上任何一个行当，都需要有人去做，哪怕再苦再累。

你会看到，他真的成了一名粉刷匠，从一开始涂鸦式的粉刷，到最后完全上手，甚至被亲切地称为"粉刷界巨匠"，可见人们对他的肯定。

当然，一个人也完全可以给自己贴上"国王"的标签。请注意，这是立马生效的标签，很快，这位新的"国王"竞争者，就遭到现任国王的通缉——为了捍卫王权，这是毫无疑问的。现任国王是个光头，自从他第一个给自己贴上"国王"标签并顺利成为国王后，他就开始不断受到新的挑战，为此，他掉光了所有的头发。

# 无字书图书馆

为了提醒人们读书,设计师们萌生了各种阅读创意。

设计师们一致认为,人们之所以在买书后不马上把书读完,除了自身的懒惰外,与书籍本身也有很大的关系。因为书实在是太有耐心了,它对读者的要求不多,即使无人阅读,数月,数年,数十年,它也可以一直等下去。

设计师们决定改变这种现状,他们要改变书籍的"慢性子",使书籍不再默默地等待,使人们不再天真地认为"买书的目的在于日后想看的时候可以看",人们必须明白,假如不马上把书看完,他们将会失去什么。

这种书很快就被发明出来。这种没有"耐心"的书,采用特殊墨水印刷,书本装在密封的包装袋里,一旦开封,书本暴露在光线和空气中,墨水就会发生反应,几个月内,书上的字就会完全消失。

目前,已经有读者受到了来自书籍的"惩罚"。那是友人给他寄来的一本书,他像往常一样,打开书本随意浏览了一番,便将之置于一旁,等到再次想起这本书时,他惊讶地发现,这本书已经成了一本空白的笔记本。

他实在无法相信自己的眼睛,他记得这本书明明是有字的,怎么会突然消失了呢?最后,他终于在笔记本上找到唯一存留的一行字:"如果你还没有看完,不是书的错,因为它已经等了你三个月。"

他感到深深的自责,同时感到万分恐惧,他疯狂地翻阅着书架上的书,贪婪地读着随意翻开的每一页,他多么担心失去眼前的一切。他多么担心自己的"私人图书馆"有一天也会突然变成一座死气沉沉的"无字书图书馆",到那时,他往日所仰仗的"财富"都将"贬值",他将沦为一个可悲的"笔记本收藏者",而所有的书上,都印着同一句话,仿佛整个世界都已将他抛弃。

# 书籍是巨大的锚

如果你热爱一个地方，那么，你会愿意在那里放上几本喜欢的书，最好是复本，这样，不管在哪里，你都有属于自己的小宇宙。

如果你热爱一座城市，愿意在那座城市终老，那么，你会愿意，在这座城市的某个角落，打造一个属于自己的房间，并且，用书籍装满它。

反之亦然。当你一心想要逃离一个地方，首先，你会搬走之前带来的书，哪怕你最终只能妥协。当你感到书房是巨大的负担，那是因为你觉得你因此而无法在一座城市里自由流动。

书籍是巨大的锚。而你的整个人生，就是一艘大船。你需要巨大的锚，来稳定自己的坐标，抵挡来袭的狂风和暴雨；你需要巨大的锚，来保持内心的静谧。

但是一旦抛下这巨大的锚，你会发现，要收起它来，是多么的困难。

# 书籍自有其命运

正如斯威夫特所言:"书籍如同它们的作者一样,仅仅以一种方式来到人间,可是离开人间的方式却有成千上万,而且一旦离去,不再返回。"当一本书以书的形态来到这个世界,它就准备好了接受属于它的命运,流转或滞留,阅读或封闭,爱惜或践踏,存在或毁灭,所有的一切,它都将坦然处之。因为,书籍自有其命运。

更多的书,和它们的作者一样,注定要经历坎坷,它们的出生,历尽艰难。兰波的一部诗集便是这样的命运。据载,1873年7月,在布鲁塞尔,兰波被魏尔伦开枪打伤,魏尔伦被捕并被判处两年徒刑,兰波于一周后出院回到母亲身边,在那里完成散文诗集《地狱一季》。这部诗集是兰波艺术与爱情失败经历的记录。诗集在比利时付印,因兰波无力支付全部印费,书印出后被堆放在出版社的仓库里。直到1901年,新世纪的曙光来临,这部诗集才被人发现,然而诗人早已远去。

# 有关书籍的梦境

有人梦见书籍那面总是向我们揭示另一副面孔的镜子。

有人梦见第四维与里面寄生的鸟兽。

有人梦见一座由书籍构成的迷宫,没有起点,也没有终点。

有人梦见阿隆索·吉哈诺无须离开自己的村子和舍弃自己的书籍就能变成堂吉诃德。

有人梦见一部并不存在的书籍,并在梦中将其撕毁。

有人梦见偷书贼在监狱里继续偷书,而且还是监狱里的图书管理员。

有人梦见宇宙不过是一本无意中被打开的书,它飞速旋转,书中的字母、符号、文字被快速甩出,四处飘散,一会儿组成这个,一会儿又凝聚成那个。

有人梦见宇宙这个浩瀚的无字书图书馆。

有人梦见伊帕奇亚图书馆,在装满羊皮纸书卷几乎要倒塌的书架间迷了路。

有人梦见特奥朵拉图书馆,那里收藏着布封和林内的著作。那些曾经有过的物种,在保存古籍的地下书库里蠢蠢欲动。

有人梦见一望无际的军队和不计其数的书籍,以及两者都不可避免的死亡。

有人梦见书籍在行吟诗人之间口口相传。

有人梦见古代诗人借助轻盈的诗句飞翔。

有人梦见不再有书籍的遥远世纪,幸运的是随身带着一本书,书又生书,子子孙孙无穷尽也。

当世界上不再有人梦见有关书籍的梦境,那一定是有谁轻轻地合上了宇宙这本大书,动作是那么轻柔,以至于没有人会感觉到。

# 卡夫卡与"锻造坊"

1924年,卡夫卡将四篇作品编成一部短篇小说集,题为《饥饿艺术家》,由"锻造坊"出版社出版。

"锻造坊"——多么响亮、滚烫、铿锵有力的名字! 这个名字本身,就向人们宣告了其终极目标:锻造!

一部好的作品,无疑都经过了如下程序:作者的锻造——出版社的锻造——读者的锻造——时间的锻造。

卡夫卡对其作品的锻造是众所周知的,他对自己的作品是如此严苛,以至于留下遗嘱要求勃罗德将其作品全部销毁。然而,没有什么能将卡夫卡的作品销毁,相反,这一切都使他的作品经受住了更多的锻造。

应该说,卡夫卡与其他作家不同,他的作品甚至还多了一道程序——来自其父亲的锻造。尽管这种锻造并非直接,而是来自一种无形且无处不在的力量。

在《切不开的面包》这个故事(更像一则寓言)里,我们可以感受到这一锻造过程。这块"面包"无疑代表了"下定决心面对一切"的人,包括卡夫卡自己。

而通过出版社的锻造,这些足以穿透灵魂的作品,才来到了读者面前,接受读者的锻造。

卡夫卡的作品,如今被广泛地传播,正经历着时间的锻造。

# 博尔赫斯与藏书室

在《博尔赫斯全集》厚重的两卷散文中，有一个符号是必不可少的，那就是书名号。这些书名号代表着博尔赫斯的阅读时光，那些真实存在的或被杜撰出来的书籍，都在书名号间得到了属于自己的位置。

没有什么能阻止博尔赫斯阅读，哪怕是失明。他通过背诵大量诗歌和散文来对抗失明。当你看到博尔赫斯手持书卷全情投入地诵读着一首诗歌或一篇散文的情景，你很难相信这是一位盲人，他真的没有偷偷看一眼手上的书吗？他甚至比视力健全的读者读得还要透彻！

有两种阅读，一种是对外界的阅读，包括展现在我们眼前的世界、刻在事物上的符号、印在书上的文字等。另一种是对内心世界的阅读与倾听，这是岁月流转中，光阴在我们内心所留下的痕迹与回响。两种阅读都是至关重要的，都在博尔赫斯人生的不同阶段为他带来了慰藉。

童年的阅读记忆无疑最为深刻，对于博尔赫斯来说，那是无数的英语读物和百科全书的插图（博尔赫斯的父亲喜欢收集各种百科词典）。博尔赫斯曾这样写道："如果有人问我一生中最重要的是什么，我会说是父亲的藏书室。"在这间藏书室里，博尔赫斯孜孜不倦地阅读了大量书籍，包括被禁止阅读的书。

# 叶秀山的"辞书之爱"

在公开向辞书"表白"的学者中，叶秀山先生的"表白"最为直接——"我爱辞书！"

叶先生喜爱辞书，无论是语词类的，还是百科类的，他都喜欢。他认为，爱辞书就是爱知识、爱智慧，凡爱知识的人都会爱辞书。

叶先生曾疯狂买书，主要是外文书，其中相当一部分是字典和百科类辞书。叶先生有一本1804年伦敦出版的《希-英圣经字典》，他将这本印刷、字体、装帧古色古香的工具书称为"我的宝贝"。叶先生也曾因为无力购置而错过不少好书、好字典，这种遗憾伴随终生。

在《世纪学人 百年影像》这部珍贵的影集中，我们可以"潜入"叶先生的书房一探究竟。这张照片是1997年8月12日在北京东直门外寓所中拍摄的。

照片中，叶先生摘下眼镜，正对着镜头微笑，身旁书桌上的《新英汉词典》清晰可辨。身后是几个书架，在书架之间的缝隙处，垂直放置了两本词典,一本是《简明德汉词典》,另一本则比较模糊,从封面装帧上看,像是《牛津现代高级英汉双解词典》。书架上模糊难辨的外文工具书就更多了。有的工具书已经被翻阅得很旧了。

对于辞书,大多数人总是喜欢"追新",而叶先生则认为新旧版本各有用处,"新的当比旧的解释更可靠,不过旧的则可能比新的更详细,可以知道过去曾有多种说法,新旧版本各有用处,新的查不到的,或许旧的有"。在叶先生眼里,新旧版本可以互为补充,而不像如今有些词典,新版旧版总爱互相"掐架"。

在爱辞书的人心中,大概都回荡着一首"百科全书狂想曲",尽管面对"百科全书"这座大山,令人不得不承认自己的渺小,但是,毫无疑问的是,在这座大山面前,你充满了向上攀登的力量。

# 巴金的"仓库"

巴金认为，人们不该忘记，人的脑子里有一个大"仓库"，里面储存着别人拿不走的东西。

现在，书在书架上，如果你不去读它，不把它录入你的"仓库"，那么，当有一天，你在"困境"中需要动用你的"积蓄"时，你打开"仓库"的门，将看见怎样的景象？

当巴金的书房被贴上封条，加上锁时，是"仓库"里所储存的、没有人能封锁、没有人能拿走的东西，支撑着他，给了他光和热，给了他坚持下去的勇气。

除了自己，没有其他人能进入这个"仓库"，这里有多年来积累的精神财富，有放满书的书架，这些书，都是一本一本，通过一字一句、一页一页的阅读扫描，录制而成的，因此，当你需要书籍的慰藉时，哪怕身处黑暗，没有电，没有灯，没有火，你也可以打开你的"仓库"，从"书架"上取出你的"书"，静静地"阅读"。

还有比被囚禁在躯体中更可怕的境地吗？请想象这么一个人，

全身瘫痪,只有大脑仍在活动,他可以听见这个世界,却无法做出任何反应,哪怕只是眨下眼睛。

在心灵濒临疯狂之际,他在黑暗中摸到了一把钥匙,并通过这把钥匙,打开了一座"宝库",在那里,有光,有热,宝库里收藏着他一生中接触过的东西,只要是他认真看过的,全都在这里,通过这些东西,他又可以创造出新的事物。

只要外界还没有放弃对他的肉体的营养供应,他便能在这躯体中,让灵魂快乐地生活。也许有一天,奇迹发生,他还将彻底醒来,当他睁开双眼,他将感谢自己的"仓库",感谢所有的一切……

# 保罗的假期

雷马克早年即勤奋好学、博览群书，在谈到读书时他曾说："我读得很多，毫无计划地读。我读了成千本毫无价值的书，直到后来我才发现了凯勒的《绿衣亨利》。以前我区别不了低级趣味的消遣性读物和优秀文学，但是这本书有许多页我能整页整页地背诵出来。"

读书无疑是一个"披沙拣金"的过程，只要能发现"金子"，这个过程就都是值得的，哪怕需要读上成千本毫无价值的书。而一旦发现这样的"金书"，你会想要把它背下来，书中每一句话都将令你激动不已。

在《西线无战事》这部小说里，也不难发现与书籍有关的场景。那是主人公保罗·博伊默尔在战争时期的一次休假，一共有十七天，也就是说，他可以享受十七天的和平日子，没有枪林弹雨，没有连珠炮火，这对于前线士兵来说是非常难得的。

当保罗回到当兵前所住的房间，他看见了自己熟悉的书架。书架上有许多旧书,蓝布面精装本,是成套购买的,因为他不相信选集的编者会把最优秀的作品都编选进去,所以,他买的是全集。还有些书是他用不太诚实的手法弄来的——他先把它们借回来,后来就不还了,因为他不想和它们分开。

他多么希望能像以往一样,当他走到自己的书籍前,那些五颜六色的书脊上便会刮起一阵"愿望之风",唤醒他对未来的渴望和思维的乐趣。然而,书还是那些书,但他已不再是原来的自己,青年时代的朝气已在战火中消失殆尽。

在1979年翻拍的《新西线无战事》中,这一场景通过保罗给母亲写信这种内心独白的方式进行展现——

"妈妈,我过去一直住在这屋里,我的一切都在这,所有的书,所有我珍爱的书。可是它们不再像从前那样对我诉说了。因为现在的我,已经不是当时住在这里的我了。我现在是士兵,我的知音不再是读书,而是杀戮……"

战争,使人成为炮灰,使书化为灰烬,使人和书不再成为知己,尽管人与书曾经是难舍难分的知音。

在伯利的《书之爱》中,书籍在对战争发出控诉的同时,也对和平发出了这样的呼唤:"建立和平,消灭战争,使我们获得安宁的时光。"

# 里尔克的"书之爱"

里尔克在写给一个素不相识的青年诗人的信中,谈到了青年人心里时常会感到困惑的问题,也谈到了自己的读书,并指导青年诗人该读什么,怎么读,以及该以怎样的心态来对待书籍。

里尔克这样写道:"在我所有的书中只有少数的几本是不能离身的,有两部书甚至无论我走到哪里都在我的行囊里。此刻它们也在我的身边:一部是《圣经》,一部是丹麦伟大诗人茵斯·彼得·雅阔布生的书。"

一个人,不管他的书房里有多少书,哪怕有一万册十万册,在人生匆匆的旅程中,他的行囊里最多也只能装进那么几本书。对于里尔克来说,一部《圣经》,一部雅阔布生,已经足够。

里尔克建议青年诗人在书里多体验一些时间,学习认为值得学的事物,但最重要的是要"爱它们"——"这种爱将使你得到千千万万的回报。"

# 余华：有关阅读的四个变奏

　　余华在《最初的岁月》《谈谈我的阅读》《我为何写作》等文章中，曾多次谈及自己"最初的阅读"，但只是点滴回忆而已。在麦田版《十个词汇里的中国》一书中，余华用长达36页的篇幅对自己"最初的阅读"进行了全面回忆。由于记忆的不确定性，余华"最初的阅读"存在着四种不同的版本。

　　在那个书籍匮乏的年代，余华通过各种途径来满足自己对阅读的渴望。从图书馆借阅，到大街上四处寻找书籍，在自己家"挖掘"，最终，迷恋上《毛泽东选集》里的注释。不管怎样，这毕竟是较为完整的阅读。

　　还有一种阅读是残缺不全的，书籍已经在传阅中变得破败不堪，没头没尾，没有开始，也没有结束，余华到处打听故事的结局，但是谁也帮不了他，他开始自己设想故事的结局。这对想象力是极大的锻炼。余华甚至和同学一起，在一天时间里，抄写完《茶花女》手抄本，这手抄本的手抄本，字迹随着时间的流逝，从工整到潦草得难以辨认。这项抄写工作，大概对余华日后的签名风格也有着影响。

沈从文说，"我读一本小书同时又读一本大书，我上许多课仍然不放下那一本大书"。对于余华来说，"街头的阅读"无异于书本之外的另一本"大书"，在这本大书里，他读到了更多，同样获得了阅读的乐趣。他甚至发现，家里的医学书中也隐藏着"惊人的神奇"。其实，在很多被我们认为没有阅读趣味的书中，甚至是在《现代汉语词典》这种工具书里，都隐藏着这种"惊人的神奇"。

在前三个版本中，由于书籍的匮乏，余华饥不择食地读着所有能读的东西。在第四个版本里，阅读的春天终于到来，但是，一开始还是有限制的。你兜里揣着钱，也未必买得到书，你得通宵排队，领取数量有限的书票，而领到书票的，无疑是其他人眼中的"幸运儿"。余华所经历的这种"排队领票买书"的情景，我们是难以体验到了。在我们这个时代，人们排队买的，是一种叫作"苹果"的东西。

# 克雷洛夫的"玩笑"

克雷洛夫的一生都和书有着紧密的联系。

这种联系首先来自他的家庭。克雷洛夫的父亲酷爱读书,他把全部闲钱都用于买书,这对于一个贫苦家庭来说是奢侈的,但对于克雷洛夫的影响无疑是巨大的。克雷洛夫对所读过的书过目不忘,他甚至能够背出来。可惜的是,在克雷洛夫9岁时,他的父亲去世了,他不得不挑起养家的担子。

16岁时,克雷洛夫完成了他的第一部剧本,这部剧本被一个出版商买下,价钱相当于克雷洛夫当时月薪的9倍。对于克雷洛夫来说,这可是一大笔钱,但克雷洛夫没有选择现金,而是让对方给他一批书籍。这并不是说克雷洛夫"不差钱",而是因为他立志要成为戏剧家,他更需要的是学习,是世界著名戏剧家的书。况且,对于爱书人来说,再没有比书更好的"报酬"了。在爱书人眼中,书籍无异于衡量一切价值的度量衡。

36岁时,一个偶然的机会,克雷洛夫开始了他的寓言创作。40

岁时,克雷洛夫出版了他的第一部寓言集。两年后,克雷洛夫出版了第二部寓言集。61岁时,克雷洛夫出版了新寓言集(插图版)。在克雷洛夫的创作生涯中,他一共写了203篇寓言。

1844年11月5日,克雷洛夫去世,享年75岁。一生酷爱书籍、善良风趣的克雷洛夫,在临终前也不忘和这个世界开开"玩笑"。在1844年11月9日,即克雷洛夫出殡的那天,彼得堡有一千多名居民都收到一个包裹,里面装着新出版的《克雷洛夫寓言》九卷集。可以想象,当时人们收到这个包裹时惊讶的表情:克雷洛夫不是死了吗?克雷洛夫还活着?

当然,克雷洛夫还活着,他一直活在读者的心里。

# 杜兰特的"人之书"

　　在威尔·杜兰特眼里,书架上摆放的,不仅仅是"书",更是"人之书"。他重视"人"在历史中的价值,主张"毫无顾忌的英雄崇拜",他甚至以开阔的眼界,挑选出了十位最伟大的思想家、十位最伟大的诗人(这无疑需要足够的勇气)以及一百本最好的教育类书籍,并总结出人类进步的十大飞跃、历史上的十二个重要时刻。

　　当你捧起一本书,实际上,你唤醒了一个"人",这个"人"也许和你在同一个时代,也许来自遥远的时代,但是,通过书籍这个渠道,你叩响了他的门,他不会让你久等,也不会让你吃闭门羹,他会马上起身为你开启通向智慧之门。因此,杜兰特这样赞颂书籍:"当生活变得苦涩,友谊从身边溜走,孩童也不再相伴我们左右,我们还可以与莎士比亚和歌德一起坐在桌边,和拉伯雷一起嘲笑世界,和济慈一起欣赏秋日的美丽……"要记住,只要你和书在一起,你就绝不是孤独的。

　　请想象这样的场景——在某一时刻,书房里所有的书都变成了

"人",这就像他们当初从"人"变为书一样的自然。他们不嫌弃空间的狭小,相反,他们激动地聊着天,诉说着对彼此的仰慕,探寻着未知的答案。杜兰特也有过这样的感受吗?我们不得而知。但是杜兰特曾这样说过:"这是一些向我们奉献了最好事物的忠实朋友,他们从不要求回报,却永远等待我们的召唤。只要我们和他们一起行走片刻,静静聆听他们的讲述,我们的虚弱就可以被治愈,我们也就能真正感受到互相理解之后内心的平静。"

一本书就是这样的一个"人",他是如此强大,又是如此平静。认识到这一点是非常重要的,读者将怀着更加崇敬的心情阅读一本书,因为,他们必须认真对待一个向自己敞开心扉的人;出版方也将更加细致负责地制作一本书,因为,他们必须对这个"人"的生命负责。

# 法里亚神甫的书单

　　在《基督山伯爵》这本书中,34号和27号囚徒的相遇,是最激动人心的时刻。在两个代号相遇时,它们恢复了各自的本来面目——爱德蒙和法里亚。

　　尽管面对四堵墙壁,仍然没有什么能让法里亚神甫停止思考,他甚至写下一部完整的著作《论在意大利建立统一君主政体的可能性》,写下他一生思索、研究的结果。可是,写作这样一部书,无疑需要众多参考文献的支持,这令爱德蒙万分不解。

　　法里亚神甫说:"在罗马的书房里,我有将近五千册书。我发现,其实只要有一百五十本精选过的著作,就具备了一切有用的材料。我花了三年时间反复阅读这一百五十本书,在监狱里,我只要略微回忆一下,便能完全回想起来。"

　　随后,法里亚神甫向爱德蒙列举了一串最重要的作家名单,他们是:修昔底德、色诺芬、普鲁塔克、提图斯、李维乌斯、塔西佗、斯特拉达、约南戴斯、但丁、蒙田、莎士比亚、斯宾诺莎、马基雅维利和博须埃。

法里亚神甫一定拥有一个巨大的"仓库"，请注意，这还只是随意列举的一份名单。这份名单是激动人心的，这意味着只需要阅读一百五十本书，便能够了解人类知识的完整概况。

在我们这个时代，一个人要拥有五千册书不是难事，在短期内他就可以建立起这样一个书房，但难就难在这五千册书中，是否包含了那重要的"3％"，在披沙拣金后，是否还能留下一百五十本最有价值的书。

从法里亚神甫提供的关键词中，复原出一份较为可靠的书单，结果会是见仁见智的。但不论如何，哪怕先从法里亚神甫列举的重要作家名单入手，也是非常有益的。

# 柯南·道尔的荒岛生涯

　　大名鼎鼎的侦探小说家柯南·道尔，曾是一名医生，他和朋友一起合开过诊所，还客串过侦探，成功破获了几起案子。鲜为人知的是，曾有一个时期，柯南·道尔接受了一项挑战：在一座荒岛上独自生活一年。

　　独居一年，算不上什么，一年时间很快就会过去。而且，他曾在一艘捕鲸船上当过医生，荒岛对他来说也算不上什么。况且契诃夫在《打赌》中将这种"囚徒"生活描述得如此精彩动人，他决定接受这一挑战。

　　挑战规则中对随行物品做了要求。在书籍方面，挑战者被要求最多只能带一套书。他几乎没有犹豫，就从书架上取下了吉本的六卷本《罗马帝国衰亡史》，以及一本古典地图册和一个笔记本。显然，用罗马帝国千年史来对抗荒岛上的一年光阴，再合适不过了。

　　荒岛生涯开始了。面对新的环境，一开始总是有些令人激动，他绕着荒岛游览，像国王一样巡视着自己的领地。几天过后，他开始厌倦了这种巡视,回到小木屋,专心开始阅读。他给自己制定了严格的阅读计划,以便在这一年内能够完整观照这1300年的历史过程。

现在,他感到他的时间就如同天空一样澄净,没有丝毫杂质,没有丝毫干扰,他可以心无旁骛地沉浸在这与世隔绝的精神世界。每当书页开启,他就仿佛飘浮在空中,观看着地面上的一次次交战和一幕幕冲突,见证着王朝的兴衰历程。

当然,他也开始感到寂寞。他怀念自己的屋子,自己的书房和书架上的书,有不少书是他当年饿着肚子买下的。每当合上书页,他就会闭上双眼,穿过那扇魔法之门,回到熟悉的书房,让指尖在书脊间轻轻扫过。

后来,柯南·道尔在《荒岛回忆录》中这样写道:"虽然身在荒岛,但通过想象和记忆,我仍畅读着家里的藏书。比起整个书架上那些你想起来才会翻的书,你脑袋里实际记住的诗才更有价值。"

# 作家与白日梦想家

在弗洛伊德的所有作品中,《作家与白日梦》无疑是最具吸引力的一部。这是一部极为重要的作品,在这部仅有24页的精致小册子(64开,精装)里,弗洛伊德对创造性作家与白日梦想家进行了对比分析。

作家受到白日梦的惠泽良多,可以说,文学作品就是作家经过转化、伪装、提纯等一系列工序加工后的白日梦,由于"自我中心倾向"已经得到很好的掩盖,作家可以大方地将作品与读者分享。

而对于白日梦想家而言,不管他在幻想中完成了怎样的壮举,在被拉回现实后,他都只能用尴尬的微笑来为自己的片刻失神做出解释与掩饰。这是白日梦的初稿,他无法与他人分享。

同样是在大脑中上演的梦境——夜间的梦与白日梦,因其诞生于夜间或白日而产生相当大的区别。夜间的梦是一种天赐之物,有时也是一种惩罚,失眠则是一种对抗,没有睡眠,夜间的梦就无法趁虚而入。而白日梦是人的一种主动创造,是基于现实的一种幻想活动,幻想者往往先将眼前的一幕定格,随后,任意变换场景,开始演绎由自己主导的故事。

弗洛伊德指出了白日梦——一种漫无边际的幻想创造——的运行机制:"愿望利用一个现时的场合,在过去经历的基础上,描绘出一幅未来的画面。"可以说,白日梦很好地将过去、现在与将来串联了起来,它是基于现实的想象,也是超越现实的幻想。

想象是人的一种基本权利。贺拉斯在《诗艺》中就曾提到:"'画家和诗人都同样有权利进行大胆的想象。'我们要求这种权利并允许别人同样有这种权利。"

浪漫主义诗人将想象力称为"光荣的能力"。华兹华斯认为,想象能支配外部的肉体的感觉,能改变或超越感觉之物,并对它们进行再创造。济慈也非常推崇想象力,认为想象力能够将梦境变成现实,由想象力捕捉到的美必定是真的。

白日梦想家的幻想,是想象的一种飞跃,它基于想象但又不受任何外界因素干扰,完全凭着自己的意志力天马行空。不过,弗洛伊德也指出,假如幻想过于丰富而强烈,那么,距离神经症和精神病发作也就不远了。

# 伯利对话录

提起理查德·德·伯利，人们首先会想到那本"爱书人的圣经"——《书之爱》，此外，就是为数不多的几种伯利传记。最近，一份记录着伯利与他人的对话的手稿被发现，记录者是伯利的助手瑞德·布朗，这部对话录为读者更好地了解伯利提供了生动的资料。

众所周知，伯利是一个嗜书如命的人，他每天都要抽出时间读书，有时没空自己读，他就会请助手来为他朗读，在这个过程中，他经常会打断朗读者，停下来和对方讨论书中的某些观点，从中得到自己读书时所缺少的一种乐趣。这份手稿正是这些对话的忠实记录。

关于对话记录者瑞德·布朗的资料也不多，不过可以肯定的是，能够被伯利选中作为他的助手兼朗读者，布朗一定有他自身的优势。伯利是一个好学而严谨的人，他对朗读者的要求自然也是严格的，他的朗读者必须是一个精通文法的人，并且能够对所读的内容有自己独特的见解，随时可以停下来与之进行一番探讨，令双方都有所获益。

　　作为朗读者，布朗的首要任务是满足"耳朵"的需求，同时，他还必须察言观色，这是他作为伯利助手在工作中养成的一个习惯。他在声情并茂进行朗读的同时，也会观察伯利的表情，以便及时"刹车"。有时，他们会停下来讨论一个较为陌生的词，伯利很注重词汇，他认为，词汇知识的欠缺会阻碍读者对内容的理解；有时，他们则停下来研究一些术语，由于年代久远，这些术语的意义也开始变得模糊。

　　从双方对话的内容来看，布朗也是一个学识广博的人，在长期为伯利朗读和与之交流的过程中，更是学到了许多知识。虽然这种交流偶尔是针锋相对的，但总的来说，是令人愉快的。布朗还有一个习惯，就是在工作之余记录下每次与伯利的对话内容，对于一位助手来说，这是一种本职工作的延伸，他几乎能完整回忆并记录下每一次对话的内容。不过，布朗并不曾向伯利提及此事，他只是将之视为一种"私人日记"来完成，并将之作为自己的秘密珍藏。

# 芬格斯坦的藏书票

据统计，芬格斯坦一生制作藏书票超过2000张，其中有700多张编号收录于德国收藏家恩斯特·蒂根所著的《芬格斯坦藏书票目录》。在这本珍贵的图册中，有280张插图，通过这些风格各异的藏书票，读者可以一览芬格斯坦藏书票的魔幻魅力。

芬格斯坦的藏书票作品，题材多样，风格多变，内容丰富，画面饱满，场面宏大，背景清晰，寓意深刻，意象万千，富有层次感和故事性。几乎各种绘画流派的表现手法在他的作品中都可以找到影子。

芬格斯坦的藏书票中有很多直接与书相关的魔幻场景，如《芬格斯坦藏书票目录》中624号作品，画面中，一名女子正坐在一本敞开的"神奇飞书"上转身向下探望，她飞得比山还高，比云朵还轻盈，将风景尽收眼底。地面上，乡村、道路、梯田、绿树、建筑甚至台阶都清晰可见，层次分明。这张藏书票充分体现了芬格斯坦对画面细节表现的注重，在这一方小小的藏书票上，细节不是被模糊处理，相反，是被强化了。

559号作品则表现了阅读带来的丰富感受。画面中,一名女子惬意地趴在草地上读一本书,上方则分8个场景表现了她在阅读时脑海中上演的一幕幕舞台剧,即由诗歌、戏剧、小说等带来的丰富体验。在一方小小的藏书票上,8个剧目同时上演,且互不干扰,着实令人惊叹。

这两张藏书票有异曲同工之妙,只不过,559号作品侧重于表现由阅读带来的丰富想象和舞台效果,624号作品侧重于表现由书籍带来的"飞一般"的神奇体验。

芬格斯坦也很注重对人物内心状态的刻画和外部环境的衬托,通过这类作品,可以感受到艺术家内心世界的波动。在648、284和628号这三幅作品中,我们可以看到人物内心状态从宁静到难以平静,再到极不平静的剧烈变化。

在648号作品中,一名男子正坐在一尊雕像下方的台阶上阅读。男子侧身坐在第三级台阶上,右手撑着脑袋,左手握着书,脚下是繁茂的花草,周围是静谧的树林,远处是连绵的山峰。大自然的静谧衬托出了人物内心的宁静,阅读的愉快时光在其中流淌。

在284号作品中,这种宁静被打破了。画面中,一名男子坐在窗边的圆桌前,桌上有一本摊开的书,但男子双手捂着脑袋,似乎在努力阻止屋外某种噪音进入耳朵,或者有某种可怕的声音正在耳边回响,使他不得不做出这样的反应。他的内心难以平静,如同窗外凋敝的风景。

再看628号作品,画面中,一名男子正在书桌前奋笔疾书,他左手扶着脑袋，手边也放着一本摊开的书。他不得不扶住沉重的脑袋，此刻，他的脑海汹涌澎湃，他的眼前出现了众多的人物影像，他们是逝去的亲人，抑或小说中的各色人物？他的右手不停地在纸上书写，也许是在信中写下对亲人的思念，也许是在构建小说中的故事情节。但可以肯定的是，他的内心，极不平静。

除了精湛的艺术表现手法和高超的画面构图能力，芬格斯坦的藏书票还有一个特点是具有很高的清晰度和精细度。清晰到可以清楚看到书脊上的书名，精细到可以将画面放大仔细欣赏。

如300号作品，画面中，两本竖立着的大书各自敞开怀抱形成一个围栏，围栏中间孕育出了一棵小树，有一名女子正斜靠在围栏上欣赏着眼前的这道风景。周围的地面上散落着若干本书，它们或摊开，或站立，或伏倒。书籍上的书名清晰可见。女子斜靠着的那本书名叫"LITAIPO"，早在18世纪，中国诗人李白就已进入西方的视野，芬格斯坦用 LITAIPO 这本书来体现李白及其诗歌作品对西方文学的影响，可谓巧妙。画面最前方伏倒的那本书则属于歌德。细细品味这些细节，令人愉悦。

芬格斯坦的一生，是为藏书票的一生，他将自己的全部生命都融入其中。当你翻开《芬格斯坦藏书票全集》，你会发现，芬格斯坦早已为自己构筑了一个广阔的小宇宙，在这里，他获得了重生。

# 藏书票中的芬格斯坦

在芬格斯坦的藏书票作品中，有一张藏书票最为引人注目，几乎每个喜欢藏书与藏书票的人都会为之痴迷，因为他们仿佛从画面中看到了自己的影子。

这张藏书票名叫《我坐在书坟上》，是1937年芬格斯坦为挚友曼特罗所作，画面中，一个男子坐在高高的书堆上，专注地看着一本书。从书堆中长出的三棵小树，使画面具有动感，体现了时间在其中的流动，以及书籍对土地的滋养与孕育。芬格斯坦借这张藏书票，描绘了曼特罗当时的状态：家里的藏书太多了，犹如一座坟墓，很快就会将其掩埋。

当然，不同的读者对藏书票画面的解读也不尽相同，会有自己不同的观点。在不同的读者看来，画面上的这堆书，可以称为"书坟"，同样也可以称之为"书堆"或"书山"。

在吴兴文先生眼中，这就是可怕的"书坟"——就像有人在床上堆满了书，周围的书架也摆满了书，只容一个人侧身走进这间卧房兼书房(这是多少书痴的真实写照啊),这不叫"书坟"叫什么?

而在子安先生眼里,这是一座孕育着希望的"书山"———一座由成千上万本书籍堆成的"书山",书中的知识就是土地的肥料,日久天长,"书堆"里长出了泛着嫩芽新枝的小树。

二者相比,"书山"的意象给人带来希望,正如"书山"上的阅读会令人感到愉悦;而"书坟"的意象则给人带来紧迫感,同时令人有所反省。

值得一提的是,画面中的这个男子在芬格斯坦的藏书票中出现了不止一次。通常情况下,在为不同的票主制作藏书票时,芬格斯坦会以不同的人物形象入画,但这个男子却是个例外,因此,这个男子很有可能是芬格斯坦自己的形象化身。

在280号作品中,这个男子熟悉的身影再次映入眼帘。他坐在一尊象征医学的雕像后方的台阶上,同样的体型,同样的服饰,同样的背影,同样的发型,同样的耳型,同样的神态,同样的坐姿,同样的鞋子,只有书籍翻开的角度和腿部的弯曲度有些许变化,可以完全肯定,这个男子与"书山"上的那个男子是同一个人。那尊雕像是一位妇女的形象,她的腹中孕育着一个已经成形的胎儿。这张藏书票同样制作于1937年。雕像腹中的胎儿与"书堆"中的小树一样,代表着孕育与希望。

2017年,在这张藏书票诞生80年后,经由一本叫作《书痴旧梦》的书,这幅作品以封面藏书票的形式进入了更多中国读者的书架,受到更多读者的喜爱,而不再只是作为某本书中的一张插图。

# 钢琴家与旧书摊

　　二战时期，在波兰华沙犹太人隔离区内，钢琴家和哥哥放弃了做犹太警察的机会，一个在小酒馆弹奏钢琴，一个上街摆摊卖书，勉强维持着一家人的生活。

　　然而在战争期间的隔离区，人们对书籍的渴求已经被压制到最低限度，人们更需要的是食物和生活用品。街道上人来人往，人们各自贩卖着自己仅存的身外之物，以换取生活必需品。面包摊上堆着很多面包，路上却躺着一位在饥寒交迫中死去的父亲，一个男孩跪在地上，轻轻摇动着父亲的头，希望能把父亲唤醒，但他绝望的声音还是没能穿透那堵隔离墙，渐渐淹没在嘈杂的人声中。

　　人们不得不放弃一些对自己来说珍贵的东西，以便能够继续活下去。对于钢琴家来说，曾经至爱的那架贝希斯坦钢琴已经没有了，家里还能贩卖的，除了劳动力，就只有心爱的书籍了。书是如此沉重，搬家时他们的行囊里只装下了这么多，然而现在，却还是要将它们放进书箱，到街上摆摊，换点钱来补贴生活。

　　钢琴家下班后,去帮哥哥收摊。摊位上,哥哥像雕像一样立在书箱前,双手各展示着一本书,他没有叫卖,也没有多少人为这个摊位停留。一看到弟弟来了,哥哥立刻"复活"了,他将书放回箱子里,盖上盖子,收摊,他一刻也不想再待下去了。这一整天,哥哥只卖掉了一本书,3波币,感谢陀思妥耶夫斯基,感谢《白痴》,这一天毕竟比昨天要好一些。

　　同样"一本书",卖书人觉得生意惨淡,不足以维持生计,但是对于买书人而言,在这如此艰难的时刻,仍能在书摊前驻足,仍能从瘪得可怜的钱包里掏出也许原本打算用于买面包的3波币,带走一本陀思妥耶夫斯基,这个场景是如此令人感到温暖。

　　钢琴家很想知道,是谁买走了那本书,那本他曾经捧在手上读过、抚摸过的书,他在脑海里想象着那位顾客的样子。在苦难生活中仍热爱书籍的人,一定是一位美丽的天使,她越过围墙,为这个被隔离的悲惨世界带来了一线希望。

# 《沉思录》:复仇行动指南

在一次宴会上,导演多喝了两杯,和朋友打赌,他能将任何一本书变成一部电影,而且还能得奖。导演向来都是这么自信,只要他看中的作品,哪怕只是一篇微型小说,也能变成一部年度大作。

但是"任何一本书"恐怕是个口误。然而话已经说出去了,当场就有一位女士从包里掏出一本书,塞到导演手上。导演看也没看,就举着那本书大声宣布:"这将是一部年度大作,请大家拭目以待。"

次日,导演一大早就来敲编剧的门。导演双手将那本书递到编剧眼前,温柔地说:"小方,这是我们下一部电影的原著。你尽快抽空看一下。我还有点事,先走了,有问题随时联系我。"

编剧揉了揉眼睛,定睛一看,又抬头看了看导演,说道:"导演,你是不是拿错书了?"导演的脸一下红了,不过他仍旧镇定地说:"没错,就是这本,这是一部神作,早就应该拍成电影,这是一个不应存在的空白,我们必须尽快填补它。"

说完,导演就甩门走了,只留下编剧和封面上的古罗马帝国皇帝面面相觑。这本书的封面,编剧已经看过不止100遍了,但是,从来没想过有一天要把它改编成一部电影,除非先把自己变成变形金刚。

应该承认,这确实是一部神作,编剧在人生低谷时,也曾从这本书中获得慰藉,也许这本书确实适合拍成一部文艺青年必看的文艺片,自己竟然从来也没想过这一点,真是大意,导演就是导演,眼光与众不同。编剧立刻打电话和导演沟通。

"导演,这本书我看了,我想,咱们可以拍成一部文艺片,文艺青年们都爱看的那种,也可以让古罗马帝国皇帝穿越一下,通过时空连线给未来世界的迷惘青年指引方向……"编剧其实心里也没有底,他只是试探性地朝水潭里扔下一块石头,静听里面的水有多深。

过了许久,水潭底部传来导演的声音,他似乎被编剧的文艺构思催眠了,才刚醒过来,他对着编剧的耳朵大声喊道:"动作片!必须是动作片!要有激烈的打斗场面!要有血!要有悬念!要有爱情戏!最好能有人和动物互动的戏份,我家那条大狗一直想进演艺圈,你给安排一下角色,给点特写镜头,让它多叫两声。"说完就挂了电话,留下编剧一个人在那发呆。

忽然,编剧眼前一亮——"要有血!导演真不愧是天才导演,这部作品原本就是一部堪比'止血绷带'的神作!"编剧立即将"血与书"的相遇场面写了下来。有了这个镜头,就可以向前回溯、向后接续,剧本在"血"的滋润下开始自行生长、疯狂发育。

很快,编剧就将一沓稿子放在了导演的面前。导演对此非常满意,他压抑住内心的喜悦,给剧本提了一点修改意见,指示编剧尽快完成定稿,以便早日投拍。

后来,这部电影取得了巨大的成功,在随处可见的电影海报上,都印着两行大字"《沉思录》:复仇行动指南""《沉思录》的正确打开方式"。

人们怎么也没想到,充满慰藉的《沉思录》竟然是一本"复仇行动指南",一定是以前打开的方式不对,他们纷纷重新翻开这部神作,寻找之前错过的细节。同时,有更多读者将《沉思录》放入医疗箱,以备不时之需。

听说编剧目前的新任务是将"中国版《沉思录》"《菜根谭》改编成……

# 气味王国与书籍王国

从某种角度来看，气味王国与书籍王国具有许多相似之处。二者的版图都在不断扩张，一代代香水制造师和故事创造者都在对各自国度的未知领域进行着探索和发现，创造出令人痴迷甚至疯狂的作品。二者也有过短暂的交集，在18世纪，曾出现过一个疯狂的人物，他第一个将书籍放入铜锅，试图蒸馏出书的气味，制造出一种书的香水。

在一个个玻璃瓶中，装着由各种香料或香精按不同比例和组合方式混合而成的精华。一位成功的香水制造师，不仅能够完美组合一种香水，也能从一滴香水所散发出的转瞬即逝的气味中，捕捉到常人难以发现的香味分子，解开蕴藏在香水中的谜，重新将它们拆解成一个个分子式，并对其加以改进，使之成为更好的作品。香水制造师将自己的灵感溶入这些神秘的液体中，使这些晶莹的液体具有了灵魂。他们就像魔术师，用气味来营造各种迷离的幻境。

在书籍这个神秘的容器里，装着同样的东西。它同样具有前调、中调和后调。前调决定了这本书的基调,尤其是第一段或第一句话,当一位读者打开一本书,他会很在意这个前调的味道,这个最初的体验是否美妙,决定着他是否继续往下读,以及是否将其带回家。中调是一本书的主体部分,停留的时间最长,因此,必须备好足够的故事,采用新颖的叙述方式,选择最佳的组合结构,令读者产生一种耳目一新、高潮迭起的感觉。这是和睡眠之间的一场争夺战,要么读者打起精神一路读下去,要么书本从读者手中滑落。后调必须具有余韵,哪怕多年以后中调已经渐渐模糊,读者依旧会记得它的余韵,并在余韵的吸引下开始另一次重读。故事创造者将自己对事物的认知与体验融入一个个耐人寻味的故事中,使这些故事具有强烈的个性和风格。他们就像魔法师,用文字来营造各种迷人的幻象。

二者的不同之处也许就在于,假如试图将一本书拆解成各个构成部分,将动人的故事恢复成一个普普通通的新闻事件,将美妙的隐喻转化为平淡无奇的本体,你会发现,这个过程是多么的乏味而无益。

# 水之书

　　有人预言，未来世界只有两本书，一本"水之书"，一本"沙之书"。

　　这两本书的发现者，分别是济慈和博尔赫斯。之所以称他们为发现者，是因为他们分别见证了这两本书的存在。

　　博尔赫斯在《沙之书》中描绘了这本"像沙一样，无始无终"的书，拥有这样一本书意味着不再需要其他所有的书，但这带来的烦恼一点也不小。世界上的书再多，数字再庞大，也是一个有限的数字。在这个"书的迷宫"里，只要能够开辟出一条道路，缩减那些无效的阅读，就可以用有限的生命去探索有限的书籍世界。而"沙之书"的存在却向世人展现了"无限"所具有的骇人力量，它就像一个"黑洞"，吸引着你不分昼夜不停去翻阅，贪婪地获取无尽的知识；同时，这本书也将把你所有的好奇心、时间、精力和生命吸得一干二净，到头来，书还在那里，而你早已消失。

　　鲜为人知的是"水之书"。人们最初从济慈的诗句里获知这本书的存在。这是一部大自然与人类共同书写的奇书。如果说"沙之书"重点在于"显示","水之书"则倾向于"输入"与"存储","沙之书"具有实际的形体,而"水之书"无形,两者的共同点都是"无限"。

因此,预言未来世界只剩下这两本书,具有其自身的寓意。所有通过"水之书"记录下的东西,最终都会在"沙之书"中得到呈现,这样的结构是合理而科学的,它揭示了"沙之书"无限信息的源头所在,并且暗示了一种强大力量的存在。

# 翻译家的"重生"

一位翻译家死了。死在了书房里。手头一部译著尚未完成。

处理完翻译家的后事,家人叫来了旧书收购商。翻译家的后人并没能继承他的"衣钵",对他生前视若珍宝的藏书也没有多大兴趣,特别是外文藏书。而翻译家深知译途坎坷而寂寞,也并不希望后辈走他这条路,只是心中暗暗希望,后人能多少从书架上找到一点感兴趣的东西,留存下去,并能从中有所受益,这是他最大的心愿。

虽然翻译家也早就想趁自己还活着慢慢处理掉一些书,以免身后给家人带来困扰,但是,谁又能知道明天和死神哪一个会先来?有时,人们总是太过于乐观,好像明天总是无限量供应,而死神总是会在半路上迷路。

旧书收购商的脸几乎贴着书架,瞪大眼睛紧盯着书架上那些已经绝版的旧书和精致的外文书籍。他不停扫描着,一边摇头指出这些书籍并无太大的版本价值,而且书又旧又脏,你看,才翻了一会儿就已经一手的灰,以便最终压低收购价,一边利索地从书架上抽出自己看中的书,同时,也开始担心自己带来的那些箱子不够用。

旧书收购商挑剩下的,就处理给了废品收购商。现在,翻译家剩余的一点藏书已经从书架上转移到了地上,这些"残羹剩饭"亟待清理。废品收购商不懂外文,就把散落在地上的书拍下来,传到网上去问。哦,这本是普希金啊,那本是果戈理……虽然看不懂书中的内容,但他隐约意识到这些书的价值远远超过收购价。

最终,翻译家的绝版旧书、外文藏书、研究资料,以及夹在藏书中的部分手稿、往来信件,都从书房里彻底消失了。如果幸运的话,其中一部分书籍和信件将会出现在旧书网上进行拍卖。如果足够细心,搜索一下藏书章上的字,新的主人将发现自己的新藏品来自一位翻译家。而翻译家的往来信件也将给研究者提供新的材料,进一步充实某一时期的文学翻译史料。

翻译家用全部生命汇聚起的书房,已经随着他生命的消失消散在这个世界,而书房中的一切终将成为别的生命体的一部分。这是翻译家的死亡,同时,又像是翻译家的一次"重生",他又活了,只是散开了。

# 藏书家的"宇宙"

当藏书达到30000册的时候，藏书家开始感到有些力不从心，他怀疑自己是否还能够再次移动这座私人图书馆，是否还有能力维持"藏书"这个"宇宙"的运转。

在这个"宇宙"里，他感到某种迷失。每当他想起某本书，想要钻进书堆里去找，就会发现，自己和那本书早已不在同一个维度。有时，他从某本书上发现了一本非常感兴趣的书（以防万一，他都会先搜索已购书目），却发现那本书多年前早就买过，但是，一时半会肯定是找不到了。

这个仍在不断膨胀的"宇宙"，曾有一个"奇点"，那是他的第一本书。那时，曾有一个声音告诉他，不要打开那本书，但是，一切已经晚了，"宇宙"开始膨胀，他的命运也发生了改变，一些东西突然就从他的生命中消失了，另外一些东西突然就出现了，一切开始变得不可控制。

藏书家竭力控制着自己的"宇宙"，他总是自负地认为，只要他还活着,这种控制就会是有效的,而这种膨胀也是符合"宇宙"法则的。当然,从一些新的藏品中,他清楚地预见了自己的未来:他所掌控的这个"宇宙",有一天也将分崩离析,所有曾经坚固的一切都将被打散、重组。

"假如一切重来一遍,我一定会遵从那个声音。"藏书家在心里对自己说。但是随着"宇宙"的膨胀,那个声音已经距此 20 光年,并且还会越来越远。

在生命的尽头,藏书家为这个世界留下一部《书痴忏悔录》,后记中这样写道:

"人们所购买的每一本书,都将进入'人生之书'的目录。对于那些疯狂收集、误入歧途的人来说,他的'人生之书'的目录是如此庞大,以至于几乎挤占了'人生之书'的正文部分。他将在少得可怜的正文部分对自己的人生做简要回顾,并在后记中进行忏悔。"

# 作家与"数学机器"

1960年11月25日,雷蒙·格诺、弗朗索瓦·勒利奥奈牵头成立了一个团体——"乌力波"(Oulipo)。这是一个由数学家和作家组成的团体,他们还有一个实验工场,全称"潜在文学创作实验工场",他们在实验工场里造了一台机器,正在不断进行调试。

就像孩子们刚拿到新玩具,数学家和作家们在这台"数学机器"(他们这么叫这台机器)旁围成了一个圈,都想第一个进行测试,其中就有卡尔维诺那熟悉的身影。不可否认,这台"数学机器"对日后卡尔维诺"文学机器"的诞生具有一定影响。

"在我的下一部小说中,我将让字母'e'彻底消失!"佩雷克说,同时对"数学机器"输入指令。后来,在《消失》这部小说里,法文中的高频字母"e"真的没有出现过一次,这部作品引起了巨大的轰动。

"但是这个难度也还不够大,假如一部小说里完全不存在'我',那才叫奇迹。在未来的作品里,这台'数学机器'将致力于消灭'我'。"说这话的是一位作家,他决定给自己的创作多加一些束缚,从这一刻起,他就开始自觉放弃对"我"的使用权。一开始他感觉不大习惯,但是随着时间的推移,他渐渐认识到,这个"无我"的世界给他带来了新的创作视角。

更多的时候,数学家和作家们玩起了文字游戏。他们将一个句子拆散打碎,对这些指定的字母重新进行组合,并将之完美地嵌入一个故事情境中,以此来比拼谁的组合技术更高明。这种集体即兴创作大大激发了作家们的创作积极性。

自由的创作与人为的束缚——这似乎是一个悖论。但对于作家们来说,这就像"戴着镣铐跳舞",越有束缚跳得越痛快,只有技艺不精的人,才会嫌镣铐碍事。就像卡尔维诺,对他而言,写小说就像组装一台机器:先加工一个个零件,然后按照总设计图把它们组合到一起。而技艺不精的人,看到设计图也许只会感到一种"束缚",或者,一阵眩晕。

# 绕圈的囚犯

被允许散步的囚犯在院子里绕着圈漫步。

这个所谓的院子就像是一口深井，它的四周都是平滑的高墙，只在适当的高度留了几个拱形的小窗透气。囚犯们一个紧跟着一个，一共是三十三个，他们中的大多数都将双手插进口袋，有的干脆让双手木然地垂下——在这个紧凑的圈子里双手实在是舒展不开。

这个圈子行进的速度很慢，因为他们中间偏偏夹着一个瘸子，他的双腿一长一短地拖着，他的腰弯得很厉害，这使他身后的那位获得了较大的空间，他将双手别在背后，犹如一个悠闲的农夫和他的耕牛在乡间缓缓地漫步。

囚犯们艰难地挪动着沉重的脚步，步伐相当精确，当每个人都走完三十三步的时候，他们便又回到了最初的位置，他们就像一支规模庞大的军队，望不见首尾。

有光，从天井上跌落下来，重重地砸在地面上，映照出少数几个人的影子以及他们的脸，只有少数人拥有自己的脸，大多数人只有一个编号，仅代表这个圈子的其中一点，只有当这个点滚动到微弱的光线之下，我们才能看见一张或许没有任何表情的脸。

囚犯们都穿着同样的狱服，戴着同样的帽子，当然也有例外。那个人长着一头麦子一样金黄的短发，杂乱得像刚收割过一样，他的双手得到从未有过的闲暇，正木然地垂在腿边，他别过脸来，仿佛在他的前方有一个画家，正手持调色盘捕捉着画面。

画家决定将画面定格在这里，假如继续走下去的话，我们就会看见那个模特儿只有一只耳朵，所有人都戴着帽子，只有他例外，因为所有的帽子无疑都是为那些有着两只耳朵的正常人准备的。

在这幅画的右下角，站着三个幽灵般的狱卒，有两个在聊天，只有一个面对着这个井然有序的圈子，做着毫无必要的监视。

整个画面相当阴沉，这使得画家无法在右下角写下他的签名：Vincent。

画家的同时代人莫泊桑非常欣赏这幅画，他评价道：这幅画要比一打小说还有价值。

这种价值在画家死后的时代得到了惊人的体现。

# 云上之书

　　假如你有时间盯着天上的云，你会发现这是某种我们还不能读懂的文字体系。当然，它们也会偶然组合成我们熟悉的形状，比如，一个笑脸符号，一个竖起的大拇指，一架战斗机，一匹马……在漫长的时间里，它们完全有可能组合出任何我们所熟悉的形状。只是，我们不可能一直望着天空，那看起来实在是有点无所事事，当然，天文工作者和爱好者除外。

　　莎士比亚一定是一位天文爱好者，在《安东尼与克莉奥佩特拉》中，他曾对云彩有过精彩的描绘："有时我们看见天上的云像一条蛟龙；有时雾气会化为一头熊或一头狮子的形状，有时像一座高耸的城堡、一座突兀的危崖、一列雄峙的山峰，或是一道树木葱茏的海岬；它俯瞰尘寰，用种种幻象戏弄我们的眼睛。"华兹华斯也曾幻想自己是一朵"孤独的流云"，高高地飘游在山谷之上。可见诗人们对云彩的钟爱。

　　如果有一位画家，把天空中所有云彩的形状都临摹下来，面对厚厚的一沓画稿,他将会发现,这些画没有一张是重复的——这不禁令人想起《沙之书》中的那个相似情节。在这一点上,气象组织和云彩收集者最有发言权,他们收集各种具有代表性的云彩,并将其分门别类,予以命名;他们对光学现象也有专门的研究。通过《云彩收集者手册》学习这些知识,就能快速掌握"看云识天气"的技能,也能在赏云过程中叫得出某种云的名字。

天幕是一个巨大的屏幕,滚动着我们还不能读懂的"弹幕",以及千变万化的图像。特别是在傍晚时分,当天空的亮度被调低,天幕变得柔和适合观看。抬头望向天空,看云彩缓缓移动着步伐,一切都是如此动人。

某个瞬间,你会发出这样的疑问:是谁在天空作画?那笔法,多么像一个打开的"画图软件",在一个淘气的孩子指尖,肆意发挥,云卷云舒,没有章法,却又充满童趣与魔幻。这迷人的场景,让人愿意相信真有一个"7号梦工厂",在掌控着天空中所有云彩的模样。

夜幕将至,淘气的孩子打开调色盘,开始为云朵着色,那是一种淡淡的粉红,很快就会消散,就像一个害羞的姑娘,脸上微微泛起的红晕。

# 书籍与婚姻

酷爱书籍之人常常会遭到配偶的痛斥:"你这个自私鬼,根本就不应该结婚,和你的书过日子去吧!"可惜大部分人往往没能在婚前仔细考虑这个问题,似乎以为结婚是一个非完成不可的仪式,千百年来都是如此。

哈代曾在《无名的裘德》中指出,有些婚姻的根本错误在于,把一项长期的契约建立在一时的感情之上。同时,又往往把这个根本错误延续终身,以此来完成契约,显然,非常具有"契约精神"。

当然,也有极个别能够"悬崖勒马",在"铁板钉钉"之前全身而退,并能很好地照顾好对方的情绪,通过自己独特的沟通方式取得对方的谅解,进而去完成命运赋予他们的终极使命(当然,首先得明确认识到自己的终极使命)。其中最著名的例子莫过于克尔凯郭尔和卡夫卡。

"有了妻小的人已经向命运之神交了抵押品,因为他们会阻碍人去成就功名,无论是善举还是恶行。"他们的耳边都曾回响着培根的这句名言,他们都想要有所成就,不愿向命运之神屈服,经过审慎思考,他们选择过一种单身生活,或者也可以说,他们选择与书"结婚",与事业为伴。

没有婚姻生活的束缚,他们可以自由自在地把书堆满半张床,与书同眠;可以在静谧的夜晚长时间地从事他们最为神秘而神圣的事业,而不用担心有人催促。有所得必有所失,理所当然的,他们必须承受"单身汉的不幸"(卡夫卡在《单身汉的不幸》一文中对此有过生动描述),也无法享受家庭生活带来的另一种快乐,他们选择牺牲这种人类普遍的天伦之乐,用知识和好奇心来愉悦自身,去追求只属于少数人的荣耀。

至于那些游离于"单身"与"婚姻"中间地带的"神仙眷侣",则不属于这个范畴,也不具有代表性,因为他们两边都做得不够彻底,他们既非为了某项事业而抱持单身,也没有因为爱情而共同走向婚姻,只是彼此达成了某种共识与默契,并以此对抗来自世俗的认可与束缚。

# 轻盈的小册子

那是一个多么美好的年代！

无数小册子展开翅膀在天空中轻盈地飞翔，那时，令作家们引以为豪的不是自己的著作有多么厚重，而是其思维有多么迅捷，能够迅速地对某种观点做出反驳，并且以小册子的形式予以呈现。同时，那些风格独特、耐人寻味的短篇佳构，也纷纷以单行本的独立面貌展现自己的魅力，有的甚至只有短短几页。

据说，有一位作家出版了在当时来说最薄的小册子，为了表达这种成就感与幸福感，他兴奋地把小册子折成纸飞机，从窗口飞了出去。这大概是最早的"神奇飞书"。人们甚至发明出一种竞赛游戏——比赛谁的小册子飞得远、飞得高、飞得久。可见小册子给当时的人们带来了多少乐趣。

小册子是如此轻盈，以至于打开它的读者也会立刻感受到一种轻松与惬意。确实如此，哪怕再厚的大部头，当你翻开它，也只不过是在其中某一页的字里行间艰难跋涉，每次能够行进的距离是那么有限,有时甚至在途中就陷入了困顿与麻木,双腿不听使唤,而道路依然是如此漫长。

有的人甚至对小册子着了迷,终日沉迷其中,四处打探有没有新出版的小册子,那种刚出炉的还冒着热气的小册子,味道是如此诱人。每当作家们的作品显得沉重,便会招致他们的反抗:"体型如此臃肿,还有一点小册子的模样吗?""这简直就是块砖!"这些抗议的声音,迫使作家们以最精练的语言进行表达。

如今的作家们,在巨厚的《世界出版百科全书》里看到关于"小册子"的史料,仍旧会感到一种神奇与不可思议。卡尔维诺说,一篇中短篇小说就是一匹马。那么,一本小册子就是一支箭。它们都是思维速度的象征,但是,一支箭无疑比一匹马的速度更快。

# 纳博科夫与"索引卡写作法"

纳博科夫习惯在索引卡上写作。这种"索引卡写作法",是纳博科夫在写作《天资》时发明的一种全新的写作方式,评论家认为,这一写作方法标志着一个重大的符号逻辑进展。

索引卡给了纳博科夫自由,他想到哪里就写到哪里,而不必在乎顺序,并可在不同阶段自由地建构小说,这种写法为他的即兴创作留下了广阔的空间。

"索引卡写作法"同样被运用在《洛丽塔》电影剧本的写作中,纳博科夫将脑中设想出的场景写在一张卡片上,在用掉一千多张卡片后,他用打字机把剧本打出来,一共有四百页。

纳博科夫的这种写作方式很从容,从容得不像是写作,而像是在阅读一本书,每天读一页,就卡片大小的内容,他从容地接受着时间的馈赠。

这种写作方式,只需要一张卡片和一支铅笔,因此,纳博科夫几乎在哪里都可以写作,可以是在铺着格子桌布的小桌子上,可以是在一辆老爷车后排的"私人移动工作室"里,可以是在草坪的椅子上,可以是在酒店阳台上……哪怕一家人住在拥挤的公寓里,纳博科夫也能在浴室里工作,他把箱子放在浴盆上,在箱子上写作。

通过"索引卡写作法",纳博科夫建起了一座文学宫殿,那一张张索引卡,仿佛宫殿里的一扇扇窗口,每一扇窗口,都留有他曾经凝视的目光。他凝望着这通向内心的窗,窗外流光飞舞、蝴蝶翩跹、时空交织,他在盼望着这样的时刻:一株玫瑰通过那个索引窗口爬进来,或者,一阵轻风从黑海吹来。

# 卡尔维诺的呼吁

在《未来千年文学备忘录》中，卡尔维诺曾为短小文学体裁的发展大声呼吁。

一方面，他偏爱这种短小的文学体裁，并在自己的创作中身体力行，不断进行探索和实验。他认为，给予时间和空间的抽象概念以叙事的形式，只能在紧凑的篇幅中完成。他在实验中尝试过更短的篇幅、更短的短篇，介于寓言和散文诗之间。因此，在《看不见的城市》里，你会看到，他仅用短小的篇幅便营造起一座城市，在一种"特殊的密度"下，城市的时空维度被展现于单独的一页。

另一方面，在出版分类法中，短小文学体裁似乎没有立足之地，这阻碍了作家们对这一体裁的尝试。这一短小文学体裁是如此令人迷恋，它风格独特、题材丰富、内容精炼，故事富有神秘性和幽默感，营造起迷人的幻象，并留给读者广阔的想象空间。从这个角度来说，它具有"诗"的特性，它注重对灵感的捕捉，专注于遣词炼字，追求恰如其分的表达，使作品保持一种想象的张力。

卡尔维诺甚至希望,那些卷帙浩繁的宇宙论式著作、英雄叙事诗和史诗,能够压缩到警句的篇幅。他认为,文学应该力争达到诗歌和思维的最大限度的凝练。在以往的寓言故事中,也曾出现过类似的情节:

面对卷帙浩繁的经典著作,一位国王感到自己在有生之年恐怕是读不完这些作品的,但又希望能够在较短时间内获得其中的宝贵智慧,并将之代代相传,于是,他要求大臣们对这些著作进行整理,只保留其中的精华。

大臣们对这些著作进行删减,剔除其冗余部分,形成了第一个版本,虽然相比之前已经大幅减少,但仍旧多达十二卷。国王觉得十二卷还是太多。

大臣们继续对内容进行压缩,形成了第二个版本,只剩下一卷。但国王还是不满意。

大臣们继续对内容进行提炼,形成了第三个版本,只剩下一章。国王还是摇头。

大臣们感到非常为难,他们已经尽力了。

这时,一位诗人站了出来,对这一章进行了升华。现在,所有的精华全部浓缩在一句诗中。

是的,诗人具有这种神奇的能力——从书中提取词语。

# 世界尽头的光

最后一束阳光到达地球。

世界开始陷入一片黑暗。

人们不得不面对一个现实——他们再也见不到第二天的太阳。但世界并未末日。现有物资仍可以暂时维持世界运转，暂时。

并没有什么"流浪地球"计划。人们继续在地球上流浪，现在，他们最需要的是能源，是光和热，是防卫自身的武器。

天幕的黑暗，令一切都陷入停滞，暗无生机。

对于宇宙来说，这不过是一粒渺小尘埃的熄灭，微不足道。

对于地球来说，人类文明受到了前所未有的挑战，还能否延续下去，是最大的问题。

对于一个家庭来说，他们更多要考虑的，是如何把握现有资源，努力在黑暗冰冷的世界中存活下来。

在夜晚，持续不断的夜晚，人们围坐在一起，看着眼前的一团火，他们恍惚觉得，自己就像"卖火柴的小女孩"。现在，他们最不想放弃的,就是手中这一把火柴和眼前这一团温暖的火焰,它们给黑暗中的人们带来了光明、希望以及幻象。

每个家庭都在尽力维护着自己的"火种",一切可以燃烧的东西,都成了宝贵的能源。与那些需要冒着风险外出捡拾枯枝败叶的家庭相比,有些家庭则要幸运得多。

那是藏书者的家庭。多年来,他们一直冒着风险致力于收集书籍,用数以万计的书籍填满自己的有限空间,那是一个不断膨胀的"宇宙"体系,现在,这一膨胀终于可以停止了,藏书者终于叹了一口气。

现在藏书者要做的,是合理控制食书兽的食量以及燃料的使用,他必须严格控制物资的损耗速度,以便维持基本的生活。

现在他有足够的时间清理自己的藏书,他对藏书进行了分级,一共分为五级:第一级是燃料,用于维护或者说"喂养"火种;第二级是日用品,用于基本生活使用;第三级是饲料,用于食书兽的饲养;第四级是商品,用于交换其他物资;第五级是任何情况下都不能动的藏品,用于延续人类文明。

就这样,藏书者将藏书分散到五个不同空间,严格按计划进行使用。孩子们负责将燃料级书籍从中间开始撕下来"喂养"火种,最后,只保留那本书的外壳,这样,就可以知道哪些书已经为了人类文明的延续贡献了自己的生命。

他们通常围坐在一起,一起看着这样的"焚书"场面。这在以往,是不敢想象的,藏书者从来没有想过,他有一天会参与这样的行动,但是为了生存,他必须做出牺牲。

孩子们往火丛中添加着书页,玩火对于孩子们来说,从来都是一种乐趣所在,现在,成为他们生活的一部分。藏书者借着火光翻阅起一册诗集,和往常一样,他翻开目录搜索着关键词,以便快速进入正文。阅读并未因为世界的变化而发生改变,从来都是如此,只要有一丝微弱的光,阅读就可以进行。不同的是,以往的阅读借助于来自外部的光,而现在,则来自书籍自身燃烧所发出的光芒,来自"书之光"。

在目录的第二页,他发现了一首名叫《蜡烛与火柴》的诗,并在正文第64页找到了它,他开始读它,"《蜡烛与火柴》:到处都是/尚未点燃的/蜡烛/缺乏的/是火柴/火柴很快/燃尽自己/有些蜡烛的灯芯/早已被剪断或抽出/要点燃它们/还需要时间"。读着读着,他的眼前忽然模糊起来。

藏书者的心中,有一盏灯,始终在燃烧。生活仍在继续,阅读也从未停止,他多么希望,在一本书被燃烧之前,能多看它一眼。每一页上的字,他都想多看几眼,记住它们,记住人类文明曾经有过的辉煌。

有时他不得不外出,他提着一盏灯,带上商品级书籍,以便换回一些物资。书籍和蜡烛、火柴一起,已成为三大燃料类物资。书籍的价格已经涨得很厉害,因为纸无疑是最好的引火物,而书籍则是纸最好的载体,或者说,在书籍这里,纸得到了最好的保存。他随身带着武器,以防遇到抢劫。他用加莱亚诺的《火的记忆》交换了一箱食品,用大罗尼的《火之战》交换了一些蜡烛和几盒火柴。现在,任何与"火"相关的东西似乎都成了原始社会里的"图腾",受到人们的膜拜。为了便于交换,他尽量从商品级藏书中先找出这些与"火"相关的书籍。这些关于火的隐喻,使书籍的价值倍增。

回到家门口,他使用了事先约定好的暗号,在确定没有危险后,妻子打开了门,孩子们一起迎接他的归来。他放下手里的东西,赶紧把门锁好。在黑暗世界中,谁也不知道他人为了物资会做出什么事来。况且,藏书者的家中囤积着这么多珍贵的资源,他的邻居们并非一无所知。

在以往,邻居们总是露出鄙夷的目光,嘲笑竟然有人在家中存放了这么多"无用之物",况且根本看不完,对他们来说一本都嫌太多。就连他的妻子,也一直对此耿耿于怀,认为这些东西占据了家中的宝贵空间,污染了室内的空气,甚至会造成危险,带来危害。

但现在形势发生了转变。在邻居们眼中,藏书者的囤积行为已经转变成一种"对资源的掠夺"!竟然有人私藏着这么多宝贵的物资!——对于这一切,藏书者并非没有感觉。

让他觉得欣慰的是妻子的态度,现在,妻子不再觉得书籍是一种危害,甚至感到丈夫具有"先见之明",多年来,丈夫冒着巨大的压力、忍受着家人的抱怨,积攒起了这么多宝贵的资源,否则,现在就得外出捡拾柴火,甚至要为此和他人产生争执,总之,外面的世界现在是非常危险的。但是在这里,在火光的照耀下,一切仍旧是那么美好,一家人围着篝火,仿佛海边的一次篝火晚会,大家朗诵诗歌、讲述故事，无数神奇的幻象都在火苗中跃动着。

夜晚，无止无尽的夜晚，藏书者坐在"火种"旁，开始读大罗尼的《火之战》，这是这本书的复本之一，他喜欢复本，复本的存在使一本书似乎永远不会消失，它有那么多复制品，而每个复制品都坚决认为自己才是原型。这本再现史前部落生活的小说，吸引了他的目光，他很想知道，原始部落的人们为了找回丢失的火种，付出了怎样的努力，而他又该如何保护自己所拥有的火种。

此刻，妻子和孩子们已经沉睡，像以往无数个夜晚那样。他没有丝毫的睡意，他必须守护这团火种，他必须让这团火持续不断地燃烧下去，就像用一把剑劈开混沌与黑暗，在碰撞中迸发出闪亮的火星。

现在，他既是一个燃灯者，也是一个守卫者。他的耳边回响起卡夫卡的声音，那篇他曾默诵过无数遍的《夜晚》，无疑是一个巨大的隐喻："而你正在站岗，你是一位守卫者，你挥动一根从你身旁的干柴堆捡起的燃烧着的树枝，发现了你最亲近的人。你为什么要站岗呢？据说得有人站岗。必须有个人在那儿。"

# "书籍银行"

在《世界金融大百科全书》中，有一个非常"诡异"的词条——"书籍银行"，这个词条就在"时间银行"的下方。

据词条所示，"书籍银行"是金融机构面对日益庞大的书痴群体推出的一个经营项目。不过，与以往贷款项目不同的是，这个项目贷出的不是货币，而是书籍。也就是说，通过"书籍银行"，申请者可以快速得到他想要的书，而这些书所对应的钱款，则计入申请者在"书籍银行"开通的贷款账号，并且每日都会产生贷款利息。

这是一个非常"诡异"的词条，经常被引用于各种笑话选集，在21世纪曾经非常流行。尽管人们称这一项目的申请者为"书贷子"，但是依旧有不少申请者冒着被嘲笑的风险，前去"书籍银行"申请这一项目。他们就像西绪福斯，推动着一个越滚越大的雪球，随时可能被雪球掩埋。然而他们的步伐是义无反顾的，对他们来说，渴望拥有更多书籍的野心，略大于整个宇宙。

# 幻象制造者

在幻象制造者所创造的无数幻象中，最著名的一个幻象，莫过于让人觉得"拥有了它，就拥有了真理"的那个幻象。那个幻象甚至比所有幻象的总和还要强大，而且具有很强的传播力和影响力。

幻象制造者试图创造出一个属于自己的体系，以此来揭示或解释宇宙运行的基本规律、历史发展的数学规律，在解决了物质体系之后，还要开发出一套精神世界的哲学体系，以便灵魂能够在其中得到妥善的安置，让逝去的人和即将逝去的人都能在其中找到自己的位置，并且能够通过完成某些程序重新回到这个世界。一旦这个体系成功运转起来，就能够不断循环往复，以至永恒。

因此，简单地给幻象制造者贴上"标新立异""蒙骗世人"等标签，是不合理的，一个人如果要达到上述目的，并不需要煞费苦心去创造一个如此庞大的哲学体系。没错，这其中也许有迷惑世人的成分，但是，如果仅仅是要迷惑世人，施放一两枚"烟幕弹"也可以起到同样的效果。

也有评论家认为,这是幻象制造者对其自身作品进行阐释的需要。然而,幻象制造者早就明确提出,如果一个诗人对自己的作品进行阐释,就会限制其寓意。这将是自相矛盾的。

必须承认,每个人在人生的某个阶段,都有可能发出这样的感叹:"一切都是幻象!"也许是经历诸多世事后顿悟,也许是一种抱怨,也许只是一声叹息、一种感慨。然后世界照常运转。

但是,对于幻象制造者来说,当他最初意识到"世事皆幻象",他并没有简单地一叹而过,而是深入其中,探索幻象的背后是什么,试图去还原它、解释它。他深陷其中,为了解释幻象,他创造出了更多幻象,最终,成为一个幻象制造者,成为幻象的一部分。

天知道,为了创造出那些幻象,他度过了多少个不眠之夜;在那盏孤寂的烛火下,他翻阅了多少书籍和手稿,才获得了那些神秘智慧的意象;他被团团幻象缠绕,即便是在难得的睡梦里,他的梦境越来越辉煌,而他的人生却越来越不幸。

幻象制造者为这个世界留下了一个巨大的幻象,人们争相购买它,他们觉得,拥有了它,就拥有了真理。

# 现代堂吉诃德

有些人读着读着读成了"疯子"。

譬如自称"现代堂吉诃德"的这位，他是21世纪诸多经典笑话里的主人公之一。人们提到他时总是会加上一句："哈哈哈，居然有人贷款买书，实在是太好笑了！！！"

如果只是把赚来的钱用于买书也就算了，他竟然还把家里的房产也给卖了用于买书(后来他懊悔万分，显然他需要更多的空间来存放越来越多的书)，这还不打紧，接着，他又受了魔鬼的蛊惑跑去申请了"书籍银行"贷款，用不属于自己的钱疯狂买书，简直是发了疯。

当贷款使用到达上限后，利息像雪球一样越滚越大，他开始觉得有点慌。他想把买来的书处理掉，重新换成钱来还债，却发现很难，甚至连利息也还不上。他向"书籍银行"咨询能否把贷来的书还回去"以书抵债"，却被告知此项贷款"不可逆"。看着银行寄来的对账单，他如坐针毡。

但是,很快,他又坦然了。他的血液里,流淌着疯狂的基因,作为堂吉诃德的后裔,这位现代堂吉诃德,他面对的,是一个庞大的魔鬼,正推动着巨大的雪球,朝他猛扑过来。他必须应战,就像堂吉诃德曾经做过的那样,就像书里写过的那样。

他读得越多,越发觉得,他的人生早已被写在纸上,藏在一本看不见的书里。每当他找到那本书,却发现总是晚了一步,书中所有的一切他都经历过了,他需要的是"另一本书",那本书里藏着他未曾经历的旅程。如果他能抢先一步找到它,翻开它,读它,也许,他就能改变自己的人生轨迹。

"叔本华说,一个人从出生的一刻起到死为止所能遭遇的一切都是由他本人事前决定的。"人们嘲笑他的疯狂,他却搬出《附录和补遗》第一卷,试图用这块"砖头"说服他人。他甚至拿出另一本书,指着封面上的书名,试图将之作为一个强有力的证明。那本书叫作《出生前的踌躇》。显然,卡夫卡在踌躇过后还是选择来到人世间,经历这所有的一切,并希望能够有人替他抹掉身后所有的痕迹。

据报载,后来,这位现代堂吉诃德因为攻击"书籍银行",而被强制关进一所疯人院。据说,他一开始是拒绝的,他认为自己并没有疯,他只是在与魔鬼进行最后的决战,难道人们看不到吗?但监控录像显示,并不存在什么魔鬼。他的行为显然是疯狂的,连他的家人都不认为他是一个正常人。在挣扎中,他忽然问了一句:"那边有图书馆吗?"人们像当年堂吉诃德承诺桑丘那样,许诺让他当"图书馆馆长",随后,他停止了挣扎。

# 如镜之书

文学批评是一面镜子，它所折射出的世界与现实世界同样精彩，有时，镜中世界甚至比现实世界更加精彩。这部"如镜之书"令人眼花缭乱，难以分辨虚幻与现实。

那些精于此道的批评家们，开创了一种创作式批评，使批评与创作并驾齐驱，甚至凌驾于创作之上。他们使批评独立于文本之外，或者说，文本只是作为一个"引子"，用以引出他们自己的理论体系。

通过"如镜之书"，读者可以打开不同的视野，从多个角度重新审视一部作品，并且得到新的启发。同时，批评家的地位得到显著提升，评论不再作为一个附属品，被放在文本之后，而是作为"序曲"，放在文本之前。但是请放心，批评家们都很有职业操守，他们从不"剧透"。

文学批评早已成为一门科学，甚至带有一点迷人的"魔幻"色彩，这并不妨碍它的科学性。批评家不会一味地夸赞一本书，当然，他们会指出一本书的诱人之处,以及这本书区别于其他同类题材的特点,它在文学史中可能享有的地位,同时,他们也不会放过它的缺陷与不足。毕竟,批评家不是广告人。

作家往往同时也是批评家,他们在创作之余,也会换换角色,用批评家的身份进行新的创作,并在两者之间切换自如。作家擅长虚构,因此,经常会出现这样的情况:文章中所评论的那本书,在最后被证实是虚构的。但这本"虚构的书",其精彩程度并不亚于现实存在的书。

批评无处不在,正如博尔赫斯所说,哪怕是整理一个图书馆,也是在悄悄地运用批评艺术。"如镜之书"就潜藏在暗格中,并在午夜悄悄地移动着整座图书馆。

# 利希滕贝格的裤子

　　有一位初出茅庐的诗人,历尽艰辛终于出版了自己的第一部诗集,然而鲜有人问津,他去向利希滕贝格请教,应该如何推广一本书。

　　对于这个问题,利希滕贝格没有立刻回答,他正埋头翻看那本书,以便确定这本书的价值。当看完这本书,他笑着对年轻人说:"到目前为止,你已经拥有了六个读者,对此,你应该感到满足。"

　　"六个?"年轻人有些疑惑地看着他。"是的,能把一本书看完的人,有作者、排字工人、校对员、书刊检查员,也许还有书评作者,要是他愿意的话。现在,还有一个我。"他向年轻人解释道。

　　但是,年轻人的问题仍旧没有得到解答,究竟该如何推广一本书? 或者,能否请利希滕贝格为这部诗集写一篇热情洋溢的书评? "我的天,千万别让我写评论书的文章!"利希滕贝格当场拒绝。年轻人非常失望。

　　利希滕贝格并不愿意为新书做宣传,他甚至对自己作品的出版都毫不上心，他的伟大作品一直锁在他的抽屉里，他更关注的是时政，是如何多些独立思考，是手握笔杆成功攻克一个个"堡垒"时的快感。但是，出于这部诗集所流露出的可贵的自由主义思想，他表示，愿意为这本书吆喝一声。

听到利希滕贝格的答复，年轻人喜出望外。要知道，利希滕贝格在圈子里是很有影响力的，能够得到他的推荐，再好不过了，这比一篇书评还要有力。

没过多久，利希滕贝格便履行了自己的承诺。在一次聚会中，他向朋友们推荐了这部诗集，只用了一句话："谁有两条裤子，卖掉一条来买这本书！"

这句轻松幽默的推荐语，很快就起了作用。试问，谁没有两条裤子呢？当然，只有一条裤子的人，是不会去买这本书的。

# 从词语开始的旅行

从转瞬即逝的《沙之书》中,有人抄下这样的诗句:"诗人通过一本辞典/猜透了,希腊精神/从词语开始的旅行/在水中画上了句号。"

书籍,对于不同的人而言,具有不同的意义。一本书,就是一扇窗。有的人倚在窗口看风景,然后心满意足地关上窗户;有的人则越过窗口,从一本书,抵达另一个世界。

辞典,这词语的密林,蕴藏着多少宝藏,多少人通过它创造奇迹。这一叶扁舟,渡过多少饥渴的灵魂抵达知识的彼岸,探索未知的神奇世界。

从词语中可以抵达,物质匮乏但精神丰沛的古希腊;从词语中可以窥见,整部绚丽多彩的《希腊精神》;从词语中可以触摸到物体,触摸到神秘的希腊古瓮,触摸到古瓮四周的装饰花边;从词语中可以听到古老的神话传说,听到古老神话中的惊涛骇浪,听到亘古不变的爱情故事⋯⋯

指尖一定藏着某种秘密,那是进入书中世界的密匙。温柔地对待一本书吧,当你对书籍温柔以待,它就会慢慢向你伸出敏感的触须,引领你进入它的世界。

从词语开始的旅行,将抵达另一个世界。辞典,这词语的沙漠,令人口干舌燥,产生无数幻象。试着触摸每一个音标,无声的拼读,将唤来一个旅人、一头骆驼,唤醒一股清泉,邂逅一口清凉、甘甜的深井;避开流沙与毒蛇,哪怕它们承诺能够使你快速抵达。沙漠并非终点。

从词语开始的旅行,将在水中画上句号。辞典,这词语的海洋,孕育了多少生命。在这漂流者的天堂,不要沉溺于塞壬的歌声,时刻关注大海的变幻,避开暗藏的危险。如此小心翼翼,或者,像一个诗人,一头跳进大海,他愿用十年光阴,沉浸在这诗的海洋,去成就他的事业,成为无数词语中最具亲和力的一个。

# 科幻之书

　　丹·西蒙斯以济慈诗歌之名,写下了《海伯利安》四部曲这一宏大的科幻小说,并将之献给济慈。在这部小说里,济慈的身影及其诗歌无处不在,早夭的诗人在作品中穿越了时空,获得了重生。

　　可以说,没有济慈,就没有长诗《海伯利安》,也就没有《海伯利安》四部曲。然而,济慈对科幻世界的贡献或许并不止于此,他很可能还在无意中为其他科幻作家提供了作品的内核。

　　科幻作品离不开想象与幻想,而这两者都是济慈极为推崇的。"科学思维会不会有损于诗歌创作?"这是19世纪英国文坛的热门话题。对此,济慈认为,想象力促进了科学的发展,科学的进步不应反过来限制想象的空间、剪断诗歌的翅膀,应该让幻想插翅漫游。

　　1818年,济慈在长诗《海伯利安》中写道:"博大的知识使我成为一个神。"1956年,阿西莫夫发表科幻小说《最后的问题》,在阿西莫夫最得意的这篇作品里,一个覆盖全球、搜集到所有数据并将之关联起来的计算机系统"瓦克",在宇宙的尽头扮演了"上帝"的角色。

或者说,"博大的知识(数据)"使"我(瓦克)"成为一个"神",并将陷入混沌的宇宙重新开启。在这里,我们会看到,济慈富有哲理的诗句与阿西莫夫科幻小说的内核是如此吻合。

这或许就是科幻之书的迷人之处——它是时空交织的产物,而不是孤立存在的;是对前沿科技的大胆预测;是对人类生命和社会发展的终极猜想;是对浩瀚宇宙和时间尽头的无畏探索。

科幻与现实的竞逐从未停止,当现实自以为追赶上科幻的脚步,它便会嘲笑阿西莫夫那庞大而臃肿的计算机构想是多么不合时宜。但是,不要忽略了,轻盈而迅捷的意识,才是计算机的本质所在,无论其体积庞大或微小。

这或许正是科幻之书的使命所在,它就像计算机系统,想要回答那个亘古不变的问题——宇宙如何开始,何时结束,能否重启,却苦于"数据不足,无法获取答案"。或者说,只要答案仍未揭晓,科幻之书就将继续存在。

# 佩索阿：永远未完成

佩索阿，这个角落里不起眼的小职员，生前默默无闻，死后竟给这个世界带来巨大的回响。他默默地工作，以便挣够足以活下去的钱，然后就躲在家里从事他的文学事业。这项事业，因其内容的广泛、素材的庞杂以至难于整理，因其对完美主义的追求，以至始终未完成。

始终未完成的状态，令他感受到一种强大而持久的生命力，使他朝着一个永不改变的方向持续前进。他搜集每一朵花的灵魂去写它，用每一只鸟唱的每一个流逝的旋律织出永恒与静止。或许，在寂静的夜里，他还曾像香水制造师一样，收集每一本书的精魂去淬炼它。

为什么要完成？完成是一项工作的结束，是一份年度述职报告，但他并不需要向谁汇报，在文学世界里，他只对自己负责，他只需对自己的内心述职；他也并不急于结束这美妙的旅程，尽管他也有自己宏大的出版计划。或许，他也曾问过自己，何时可以完成，但始终没有得到答案,因此,他必须不断奋力前行,不断接近可能存在的终点。

他也有属于自己的"传奇"。求学时代,他从里斯本大学辍学,在国家图书馆里自学获得自己想要的系统教育。他喜欢读"乏味"的书,他从重读这些书中获得巨大的乐趣。他只阅读他熟识的文字,在那本读了千百遍的《修辞学》中,他获得了最多的平静,对这本书的熟悉甚至使他对其他陌生的书产生了"厌恶感"。

他所有的惶然最终形成了一部永远未完成的《不安之书》。这同样是一部令人不安的书。一个孤独的、自我分裂的人,躲进一个自我封闭的系统,把一个人所能想到的东西都思考了一番,而且很有可能,比你思考的还要透彻,比你所能想到的"关键词"还要丰富。这样一本书,是"危险"的,令人不安的。你会发现,所有你想要完成的东西,在这部搁笔于80多年前的"未完成"的作品中,早已被完成。

他将《不安之书》的手稿放置在一个很可能永远不会被开启的箱子里。在这个不安的世界里,静静等待着被开启的那一刻。

# 卡夫卡的思想罐头

众所周知,世界上第一种"罐头",是达尔文笔下的"活罐头"。

1835年,26岁的达尔文随"贝格尔号"在加拉帕戈斯群岛待了一个月,正是在这里,"进化论"思想开始萌芽。

长期以来,水手们只能以干巴巴的饼干、腌制的咸肉为食,因此,很多水手都得了坏血病。直到有一天,水手们在岛上看到数量繁多、体型庞大、行动缓慢的加拉帕戈斯象龟,这一局面才得以扭转。

这种象龟可以不吃不喝长达一年多(简直就是最完美的"饥饿艺术家"),水手们把它们搬上船,当成"活罐头"储存起来,存放方式也很简单,只要把它们翻个底朝天即可。

"我们完全依靠象龟来获取肉食,把它的腹甲在火上烤一烤……连着肉一块儿,味道很不错;幼龟可以熬成美味的龟汤。"达尔文这样写道。

受达尔文"活罐头"的启发,在21世纪,人们开发出了各种各样的"思想罐头"。第一个爆款是"卡夫卡的思想罐头"。在产品上市前，供应商就做足了"饥饿营销"，等到产品正式上市，人们纷纷排队争相购买这款新产品。

在指定专卖店，卡夫卡的巨幅照片十分醒目，他头戴一顶宽边的黑色帽子，身着黑色礼服，双臂交叉，目视前方，炯炯有神。广告商选择这张照片主要是考虑到这款产品的特性，他们认为，卡夫卡的脑袋应该受到帽子的有效保护。这样，可以令消费者感到，他们所购买的"思想罐头"，其原料来源一直受到非常好的保护。

而在卡夫卡左臂前方的空白处，则是世界上第一盒"思想罐头"，罐身有一只非常醒目的甲虫，和那些加拉帕戈斯象龟一样，这只巨大的甲虫也是底朝天。据说一开始甲虫处于爬行状，但设计师认为一只四脚朝天的甲虫更能体现"思想罐头"的特色，也与达尔文的"活罐头"形成一种呼应。生产商对此设计表示满意。

宣传海报上用醒目的字体印着一行大字——"犹太鬼才的思想罐头"，同时，这盒"思想罐头"还是"饥饿艺术家"大赛全球选拔赛官方指定食品。首届"饥饿艺术家"大赛冠军被聘为"思想罐头"的代言人。在反复播放的电视广告中，这位身穿黑色紧身衣、脸色异常苍白、全身瘦骨嶙峋的冠军，吃力地捧着一盒"思想罐头"，试图用他细小的声音向观众们表示，他终于找到了适合自己胃口的食物。

虽然观众们听不清他到底说了些什么，但是，连世界上胃口最挑剔的"饥饿艺术家"都为这款产品代言了，这难道还不够？

# 古典之书

　　古典之书代表着民族的辉煌,承载着历史的沉淀,凝聚着先人的智慧,装饰着现代人的梦境以及背景墙。

　　每一个民族都有属于自己的古典之书,它们早已形成一份必备的经典书目,任何机构都可以按图索骥,建立起一个颇具规模的图书室,或者一座供读者瞻仰的纪念碑。

　　古典之书大多以丛书的面貌出现,他们穿着统一的制服,有着整齐的身高,只是体型不同,有的虎背熊腰,有的弱不禁风——幸好有坚硬的外壳作为支撑,否则根本站不住脚。

　　从某种角度来看,古典之书也就是永恒之书,这种荣誉是恒久的,经由一代代的传承而永远存在。人们怀着先期的热情进行购置,又怀着神秘的忠诚进行阅读。购置它们需要的是金钱和空间,而阅读它们则需要很大的决心和勇气,或者说,书架上的每一本书都代表着一个人的欲望与决心。

　　对于普通读者来说,古典之书是"必备书目",但不一定是"必读之书",这些书可以闭着眼睛买而不至于买错,但不一定需要睁开眼睛读,拥有并传承它们的意义大于立刻阅读它们。因此,很有可能出现这样的情况:这一代人所购置的某些书籍,在下一代手中才得以开启。

对于爱好者和研究者而言,古典之书是一座巨大的思想宝库,其中蕴含的思想深邃神秘、无穷无尽,书中的每一个字、每一个词,甚至文本传承过程中的每一处细微的变动,都具有玄妙而复杂的意味,都值得细细考究,认真揣摩,并予以甄别。

古典之书是一个开放的而非自我封闭的系统,是一个充满生机的母体,她不断孕育着新的生命,其中的每一个词、每一句话,都同时蕴含着多种含义,都有可能衍生出一篇研究论文或者一本研究专著。

古典之书是永不枯竭的精神能源,一代代作家从中汲取能量,用古典的内核演绎现代的故事。古典之书博大精深,甚至可以说,它们的全部奥秘都已浓缩在精练的书名与标题之中,等待着你去参透。

# 无头无尾的杰作

　　某杂志社编辑部收到一份神秘的投稿,稿件用牛皮纸封装,稿子手写在纸上,无头无尾,前面没有作品名称、作者姓名、作品简介,末尾也没有作者简介、联系方式。正常情况下,投稿者是不会这么做的,他们通常是担心编辑会遗漏或者搞混他们的署名,并为此焦虑万分。这是不是一个玩笑或者恶作剧?编辑们猜想着。

　　在互联网还未普及的年代,曾有作者将一部作品掐头去尾抄了一遍,当然,中间也略有涂改,以便让人觉得这是一份真正的手稿,试图考验编辑们的水平。那部作品虽然经典,但是比较冷门。显然,假如编辑们予以发表,则证明编辑们孤陋寡闻;假如编辑们予以退稿,则又证明编辑们眼光不行。这真是一个悖论。但是编辑们平时除了看这些水平不一的来稿外,工作之余都很注重对新书的搜罗,因此,那份手稿在编辑部绕了一圈,最终还是被识破。

　　进入互联网时代,要堵截这类稿件变得容易得多,只需把关键词键入强大的搜索引擎即可。编辑们的辨识工作也轻松了许多,但编辑们仍旧保持了每月购买新书的习惯。一方面,编辑们购书能够获得一些补助;另一方面,书籍也是他们人生中不可或缺的部分。

奇怪的是,编辑们这次求助于搜索引擎,却没有获得任何蛛丝马迹。无奈之中,编辑们采用以往的人工辨识方式,然而这份神秘的来稿在编辑部传阅了一圈之后,依然没有被认出出自哪部作品。编辑部陷入沉寂。

在搜索无果之后,坐在角落里的一位男编辑在好奇心的驱使下开始拜读这份神秘来稿。这份手稿从第2节开始,末尾处只有一个标题和一句话,显然,这是一份未完成的稿子。为什么要将这种半成品寄出?这是轻率之举还是经过深思熟虑的结果?

这是一部碎片式的作品,破碎得让人没有耐心按顺序去读。男编辑心里这么想着,忽然,一句话跳入他的眼帘,仿佛放大且加粗了一般:"不要将一本书从头读到尾,不要按顺序读,要跳读。"男编辑吃了一惊。他抬头看了看四周,没有什么异样。接着,他开始跳读。他读到一个男人在梦中所梦到的景象,读到无望的生活以及对生活的逃离,作者甚至宣称"文学是逃离生活的最佳方式"。没错,男编辑对这一点深有同感,每当他对生活感到焦头烂额,他就会把自己关进一间小屋,用"文学之门"来隔绝生活中的嘈杂,躲避来自妻子的抱怨,屏蔽来自孩子们的干扰。男编辑开始喜欢上这份手稿。也许作者在写作时也非循规蹈矩,他东一鳞西一爪地捕捉着一闪而过的灵感,因此,他也希望读者按照这样的思路来读它。

男编辑继续跳读,他读到更多的梦境(大部分是白日梦),看到更多的景致,邂逅更多想象中的人物,听到更多的悲叹……他不停地跳读着,奇怪的是,在这种随机的翻阅中,竟然没有进入过同一页面。这难道是一本"梦境之书"?

不知什么时候,男编辑已经从编辑部回到了家中,他忽然意识到这种空间上的变化,却怎么也回想不起这个过程。他的书桌上放着那份手稿,一般来说,他不愿意把工作带回家中,在工作之余,他有自己的事要做,但今天似乎比较特殊。他想继续读它,只是,和以往不同,这本书不需要书签,随意翻开即可。他开始承认这是一本书,尽管它无头无尾。

通过拼接这些无意识的碎片,这本书在男编辑的脑海中开始有了一个大概的轮廓。这是某个作者写下的一部自传的片断,作者信奉神秘主义,他在自己的作品中创造着属于自己的世界,在创世之后,他创造出了人物,他为这些人物贴上了不同的标签,让他们在这个世界里自由行动。不过,有时他会忽然把某个人物彻底抹掉,并把这个人物的相关信息安插到另一个人物身上。对此,他似乎乐此不疲。他像造物主一样俯视着一切。

从这个角度来说,这份手稿之所以没有署名,也许正是因为作者信奉"所有的杰作都出自神灵之手",或者作者认为,没有一个名字能够承担起这一重任。或者说,一部作品在诞生之后就已经和作者无关,哪怕作者在生前能够享受到一丝名誉和回报,对于后世读者而言,作者也已经是不存在的。男编辑这样想着,他开始认为这一切并非恶作剧,而是一场经过深思熟虑的行动。

在其中一个人物的日记里,男编辑看到这样一句话:"在这个虚幻世界生存下去的唯一办法就是继续做梦。"但很快,这个人物就被另一个人物替代了,似乎作者对于自己的心思被识破相当恼怒。

很快,男编辑对这本书的印象又出现了变化,这本书似乎不是同一个人写的,而是出自不同人物之手,它们被吹散在风中,由某个人从地上捡起来并杂乱无章地堆叠在一起,试图使用强力让它们形成某个系统。

也许是人物太多,作者渐渐对人物的行动失去了掌控。紧接着读到的一句话似乎验证了男编辑的观点:"我把一些名字弄混了。"这是作者在日记中写下的。

男编辑渐渐对书中的人物身份有了一些了解,他拿起笔,记下自己的发现。这些人物中,有哲学家、诗人、小说家、学者、评论家、翻译家、编辑、占星家、会计员……这几乎是一个完整的自我运转的世界。

"这是一本'梦境之书'。"男编辑在纸上写下这一发现。接着,他读到一句令他感到震惊的话:"世界属于没有感觉的人。"这句话似乎是一个悖论,如果世界属于没有感觉的人,那么拥有感觉的人是否属于这个世界?男编辑发现自己的世界似乎只剩下感觉了,这扇"文学之门"已将自己和现实世界完全隔绝。他忽然很想打开这扇门,去拥抱门外那个嘈杂的世界,去拥抱他的妻子和可爱的孩子。

可是,他刚从椅子上站起来,就立刻变成了另外一个人。他看了看四周,并没有什么异样。桌上摆着一份手稿,被风吹开的那一页上有两行字特别醒目：

　　"一切皆荒谬，唯有做梦不荒谬。"

　　"梦见自己的生活，在梦里生活。"

# 欲望之书

作品决定了一位作家在文学史上的地位。摆在每位作家面前的都是一张白纸,这对作家们来说是公平的。但是,在这张白纸上能干点什么,作家们的表现却各不相同,作家之间的距离也由此拉开。

在这张白，有的在上面涂鸦,有的写下命题文章,有的，一场阴谋,有的开启一段神秘莫测的探险之旅,有的彻底解放自己的欲望为所欲为……有何不可? 如果一位作家连在纸上都无法解放自己的欲望,那我们还能指望他给读者带来什么?

在那些最引人入胜的作品中,字里行间无不写着两个字:欲望。正如卡尔维诺所说:"文学如同欲望的投射。"一位没有欲望的作家,是没有创造力和梦想的作家。一本没有欲望的书,也无法带领读者开启一段美妙的旅程。相反,那些被禁止接触的欲望之书总是具有强大的吸引力,人们千方百计地搜求它们,只为一睹真容。对此,18

世纪的德国思想家利希滕贝格曾尖锐地指出:"应该禁止的书首推《禁书目录》!"

在欲望之书中,梦幻与想象的权利得到了重申,"欲望的伟大解放者"受到人们的崇拜。欲望带来野心,带来行动,推动故事的发展。欲望引发思考,直面最真实的人性,令读者面红耳赤——自己心里的小心思原来早已被他人叙述得一清二楚,甚至早已成为公开的秘密。假如作家都不敢大胆写下来并出版它(至少也要在死后发表),那么读者如何能大胆地读它?

欲望之书带领读者走进并探索充满欲望的世界,登上"欲望号街车"。在欲望的海洋里,读者可以尽情游弋,毫无顾忌地释放自己的各种欲望。最后,读者的欲望在幻想中得到满足,以便回到现实的世界之后,继续压抑那些开始萌动的欲望。

# 古怪的作家们

张岱曰："人无癖不可与交。"现如今，一位作家如果没有点什么怪癖，似乎都不好意思说自己是个作家。人们在关注作品的同时，对作家写作时的那些特殊癖好也相当感兴趣。

为了拉近文豪与读者间的距离，首届"全球古怪作家大奖赛"应运而生，各路作家纷纷报名参赛，展示自己那些可爱的怪癖，试图夺取冠军奖杯和不菲奖金。经过筛选，最终，有八位作家进入总决赛。

在灯光璀璨的T形台上，首先出场的是人气爆棚的阿加莎·克里斯蒂，她的出场方式非常特别，她躺在经过改造的移动浴缸里，一边啃着苹果，一边写作。如此可爱的怪癖，引起现场粉丝们一阵骚动，原来那些谋杀故事是这样写出来的，太可爱了。

第二个出场的是爱伦·坡，他身着裁剪贴身的黑色燕尾服，迈着猫步向粉丝们走来并亲切致意，他的特别之处在于，他的肩头上还趴着一只猫，据说，这能使他在写作时保持某种平衡。

第三个出场的本来应该是席勒，但由于他随身携带一堆烂苹果而被大赛工作人员拦在场外，此刻，他正焦急地等待好友歌德前来为其斡旋。

紧接着出场的是四号选手巴尔扎克，他一登场就给现场观众带来了一场"咖啡风暴"，只见这位文豪走着走着忽然掀开大衣，引起粉丝们一阵惊呼，现场大屏幕特写镜头迅速跟上，这位"咖啡重度患者"的大衣里面竟然挂满了咖啡包。据说，这是他写作时永恒的伴侣。

第四个出场的是五号选手雨果，雨果不愧是来自时尚之都的大文豪，虽然时值寒冬，但他全身上下只披着一条灰色大披肩。据说这是他写作时的一个小癖好，为了避免违约，他脱光了外出穿的衣服，只披上一条披肩，把自己关在屋子里赶稿子。

第五个出场的是六号选手乔伊斯，他头戴一顶宽檐帽，身穿一件白色外衣，手持一柄放大镜，向观众们走来。据解说员介绍，这是乔伊斯写作时的特殊"制服"，由于他的视力恶化，厚厚的镜片已经帮不了他，而这件白外衣犹如一座灯塔，将光折射到稿纸上，以便他能看清纸上的东西。在聚光灯的照射下，现场观众纷纷直呼"亮瞎眼"。

第六个出场的本来应该是七号选手纳博科夫，但由于他所使用的道具和阿加莎·克里斯蒂一样而被迫离场。虽然纳博科夫也很享受浴缸里的写作，但是观众们对浴缸里的男子显然兴趣不大。

现在轮到八号选手，也是本次大赛的最后一名选手卡波特出场了，这位宣称躺着才能思考的"横向作家"出场方式也相当别致，他是躺在经过改造的小床上出来的,他一口香烟,一口咖啡,一边写作,相当惬意。

究竟此次"全球古怪作家大奖赛"将鹿死谁手呢?评委们表示最终结果将通过微信投票决定,请大家为自己喜爱的古怪作家投上一票。

场外,文豪们的拉票活动也同步启动了。

# 轮回之书

如果一位作家的死亡日期与另一位作家的出生年月日刚好吻合,你会做何感想?如果后者在成长过程中不经意地发现这一点,他会做何感想?特别是如果后者刚好对前者的作品情有独钟。当然,这一切很可能只是个巧合。不巧的是这个巧合无意中被人察觉。

如果轮回是可能的,那么就应该能够被追溯。但是我们从来没有看到有关作家们的轮回轨迹,也从来没有人愿意承认这一点。假如承认这一点,就意味着自己的所有作品都出自他人之手,或者说,自己只是某位作家在现世的"代言人",而那位作家早已不存在。

然而要验证这一点是困难的。正如评论家所说,"产生一点儿文学需要很长的历史"。产生一位作家的过程同样是漫长的,他需要时间来发现自己身上所具有的"天赋"(这个词似乎意味着某种天赐,而不是后天的努力),并且需要很大的决心来从事这项艰难的事业,还要吃下不少苦头,走上不少弯路,他才能确定地告诉自己——

"是的,我是一位作家"。等到他偶然发现这种可能的"轮回"迹象,也许时间已过去几十年。试问哪个研究机构能够进行如此漫长的追踪调查?

那么,有没有可能从现有的资料着手,直接对已故作家和在世作家进行这样的日期比对?如果一直往上追溯又会有什么发现?会不会有一位在世的作家宣称自己是但丁一路转世而来?会不会有许多同龄作家为争夺同一个"前世"称号而大打出手?这个世界会不会乱成一团?……

当然,对于文学史研究者而言,他们会乐于看到这样的一幕,假如文学史中的人物存在轮回现象,那么,整部世界文学版图就将被改写,而且将变得更加生动有趣,比较文学研究的存在感也会更强。因为,这种轮回是不存在地域差别的,也不存在语言上的障碍,作家转世后需要从头开始学习,但是,其灵魂的核心没有改变,它会在某种际遇中得到显现。

虽然这一切只是假设,但有两个比较邻近的日期仍值得留意。一个是1985年9月19日,这一天,卡尔维诺去世,作家中"最精密、最复杂的大脑"停止思考,世界文学版图从此缺少了重要的一块,永远无法得到弥补;另一个是1986年6月14日,这一天,博尔赫斯去世,这位"作家们的作家",是否实现了他最终的愿望,一次彻底的死亡,我们不得而知,但可以肯定的是,他所虚构的世界,他所建造的迷宫,将永远受到人们的热爱。

哲人说,天堂是不存在的,但是为了逝去的人,应该有一个天堂。同样,轮回也是不存在的,但是为了那些给世界留下宝贵文学遗产的作家,应该有一种轮回,而且,这种轮回将是富有诗意的。

# 关于龙的传说与谬误

在人类的童年，人们都热衷于仰望天空，寻找龙的足迹。孩子们躺在草地上，看看这朵云，再看看那朵云，他们相信，龙一定就躲在某一朵云的后面。那时，人们相信龙的存在，因为人们无法确定龙不存在，除非人们能数完所有的云，并确认每一朵云后面都没有龙。

在西方世界，给孩子们读的故事书中，龙被描述为一种"长有翅膀、皮肤像蛇一样，并且能喷火"的动物。在各种英语词典里，紧跟着"龙"的条目，是"蜻蜓"，这是一种身体细长，有着两对翅膀，世界上眼睛最多的昆虫。出于某种误解，"飞龙"长期被作为"蜻蜓"的代名词。而在每一个中国学生的词典里，都有一个成语——"叶公好龙"，这同样是一个巨大的误会。为防止以讹传讹，消除谣传与谬误，达成某种共识，龙学研究会一行人决定对龙做一次拜访。

在这个时代，几乎没有人再否认龙的存在，假如龙不存在，龙学研究会也就没有存在的理由。既然龙学研究会存在，那么龙就一定存在。况且，史书中也曾明确记载，曾有一门专业叫作"屠龙术"，学制为三年，学费也非常高昂，非"富二代"学不了，毕业后还可以专升本继续深造。这个专业虽然比较冷门，毕业合影时通常也是形单影只，但也是为迎合市场需求而开设的专业。试问，如果没有龙，怎么可能有这种专业的存在？

龙学研究会的专职司机听说这次要去拜访龙，二话不说，开启导航，路径规划中。作为经验丰富的老司机，他相信，既然导航可以把人带进沟里，那么，一定也可以把人带到龙的身边。很快，一行人来到一座高耸入云的大楼前，导航显示，已到达目的地。司机留下等待，一行人搭乘电梯直奔大楼顶楼。龙，不住在顶楼，还能住在哪里呢？

户外观光电梯缓慢上升，一开始，他们还观赏着外面的景色，但随着高度的变化，这种"观光"慢慢变得恐怖起来。他们的双腿僵在那里，脸上的表情也凝固了，任由时间缓慢地流逝。不知过了多久，电梯终于停了下来，门，终于开了。脚下，是玻璃栈道，他们艰难地迈动双腿，同时，不约而同地思考着一个问题——待会儿怎么下去？

在向大厅保安说明来意后，一行人来到前台登记，并递上名片。"请稍等。"说完，前台小姐拿着名片走进办公室。那是一间很大的办公室，有着很大的落地窗，云雾缭绕，风景如画。办公室里有一张又宽又长的办公桌，一套带转角的沙发，还有一张大床。此刻，龙先生正躺在床上看一本历史书，他的身体有点鼓胀，心脏有些不舒服。"龙先生，"前台小姐敲了敲玻璃门，随后走了进来，通报道，"有几位客人要找您。这是他们的名片——""请他们进来。"龙先生没有看名片,他似乎早就料到会有客人来访。

客人们进来了,他们再次向龙先生递上名片,并做了自我介绍,同时,简要汇报了迄今为止有关龙学的研究成果,并拿出笔记本电脑向龙先生做了展示。

龙学研究会现任会长叶小龙进一步提出,在现有成语辞典中,"叶公好龙"这一词条应该删除,以便消除对首任会长叶公的误解。"叶公好龙"这一成语的出现,完全是一场阴谋,是对叶公人格的诋毁。叶公为水患治理以及水利设施的建设做出了卓越的贡献,不应该再蒙受这种不白之冤。同时,在各种英文词典的"蜻蜓"这一词条下,也应该做出相应的说明,不应再以讹传讹,损害"飞龙"的名誉。

听完这些汇报,龙先生站了起来,他撑直了巨大的身躯,把客人们吓得够呛。他们还是第一次近距离见到龙,在他们以往发布的视频中,龙在云中若隐若现,虽然显得那么小,但是非常逼真,非常符合人们心目中对龙的想象,人们都愿意相信这就是传说中的龙。就像培根所说的那样,一个人希望什么事情存在,他就会轻易地相信这件事,甚至对此深信不疑,哪怕有权威部门出来辟谣也无法阻挡人们对龙的信仰。

对于客人们的建议,龙先生不以为然,他认为,"叶公好龙"这个成语已经和叶公没有关系了,那是另一个叶公的故事,不能因为这个叶公就抹掉另一个叶公,如果这样,词典将出现许多空白,历史也将被改变。至于这个叶公,他的功绩自然会被铭记,大地记得,山川记得,河流记得,会有越来越多的人知道这个叶公的故事。至于"蜻蜓",难道"飞龙"就不能是"蜻蜓"吗?——说完,他立刻变成了一只蜻蜓,向窗外飞去。

只不过,这只蜻蜓的身体有些鼓胀,并不那么细长。

# 文学与馅饼俱乐部

在文学与馅饼俱乐部，你会深切体验到，世界上唯有书籍与美食不可辜负。

俱乐部成员每周五晚上都会准时聚在一起，他们首先分享自己制作的美味馅饼，随后围坐在一起，轮流朗读自己精心挑选的书籍，在这自由的舞台上扮演着自己喜爱的角色。

成为俱乐部成员必须同时具备两个条件，热爱书籍、痴迷美食，二者缺一不可。热爱书籍，就像吃货期待着美食；痴迷美食，就像书痴迷恋着书籍。当然，光会吃也不行，还得会做，会员们每周轮流制作各种口味的馅饼。

于是，每周五的夜晚成为会员们最期待的时刻，未知口味的馅饼与未知书目的朗读，谜一样的时光在等待着他们。书籍的力量与美食的魅力交织在一起，形成了一股强大的合力；书香与美味混合在一起，酿造出令人陶醉的气息。

一开始，确实有人是冲着美食来的，但是很快，这种美食与书籍的搭配，俘获了他们的心，他们慢慢喜欢上这种读书氛围。也有人起初对美食并没有多少期待，但在这样的氛围下，一份可口的馅饼，渐渐被他们视为朗读前的美妙环节。

由于俱乐部位于路边，热爱美食的人往往一看牌匾上的"馅饼俱乐部"，就以为这是一家馅饼店；热爱阅读的人一看到"文学俱乐部"，就以为这是一家书店或者类似机构。然而很遗憾，虽然俱乐部里有烤箱也有成排的书架，但它两者都不是。

在旁观者看来，这个俱乐部非常神秘。报纸上也从来没有关于俱乐部读书活动的相关报道。文学与馅饼俱乐部似乎只是一个秘而不宣的存在。

虽然如此，只要你鼓起勇气，带着书籍与美食，走近他们，加入他们，并且丝毫不带其他目的，俱乐部便会欢迎你，接纳你，仿佛你早已是其中的一员。

# 未读之书

　　与未读之书相比,已读之书是如此有限。已读之书构成了我们的思维系统,我们经由这一系统处理着日常事务。但如果要处理更为复杂的事务,我们必须不断开放并升级这一系统,引入更多的未读之书,并将更多的未读之书转化为已读之书,使其为我所用。

　　虽然我们乐于购置新书,但是,很遗憾,这些新书中的大部分仍有待开启与转化。我们对未读之书的热情似乎仅停留在这个层面——占有它,以便将来有机会转化它。

　　如果说已读之书就像我们已经走过的路,探索过的世界,已知的时间和空间,那么,未读之书就是这个已知世界之外的未知宇宙。我们乐于探索未知的世界,同时,也可以说,我们对未知的宇宙存在某种与生俱来的恐惧,这是有限的生命在无限的未知面前所产生的战栗。

　　已读之书为我们形成一层抵御外界侵扰的防护罩,而未读之书将会打破这层防护罩,因为,未读之书试图塑造一个更为强大的你,试图构建起一个更为强大的防御系统。当然,这中间可能会有一个空档期,会引起不适,会产生混乱,并需要你对已知事物的价值进行重估。

已读之书通常就在近旁,其中某些书随着时间的推移会越来越受到你的青睐,对你来说,它们就是百读不厌的好书,随时准备重读;而未读之书往往堆叠在一起形成了一堵密不透风的"书墙",要想从中获得块砖片瓦,还需要一些勇气与毅力。

不管怎样,已读之书与未读之书都已经来到你的世界,沟通起这两个世界的,是一颗有着强烈求知欲的心灵,这些书都是你想读的,只不过,有的已读,有的未读。从已读之书所迸发的能量可知,未读之书中蕴藏的能量是多么的巨大而惊人。

# 夜莺书店

在《夜莺颂》诞生200年后，有一个年轻人决心要开一家叫作"夜莺书店"的书店。这个愿望是如此强烈，以至于令他心潮澎湃、夜不能寐，他想，如果能在200年后的这个夏天实现这一梦想，他的人生就无憾了。

年轻人开始为自己心中的"夜莺书店"寻找落脚点，以便让梦想落地。然而，经过一番搜寻，碰了无数钉子后，他非常失望地发现，这个世界似乎并不需要一家叫作"夜莺书店"的书店。

尽管如此，年轻人依旧在心中描绘着书店的蓝图，在他的脑海中已有了书店的模样，清晰到店招的材料、LOGO的颜色，细致到门前的盆栽摆设、玻璃上的海报图案，甚至书架上的书都已经准备好了，二十多年来，他一直在为这一天做着准备。

他多么希望能够看到一家叫作"夜莺书店"的书店出现在自己眼前，不论这家店能开多久，只要它存在过就好。它将和夜空中明亮的星一样，成为夜晚最美妙的存在，所有经过它的人都将被"夜莺书店"这四个字吸引，感受到一种神奇的力量。

那个闷热的夏天很快就结束了。年轻人病倒了。病中，他才忽然发现自己的无力，感受到来自现实的巨大阻力。他觉得自己辜负了诗人，也辜负了夜莺。这片土地似乎已经不再孕育梦想，坚硬的土地已不再为梦想留下足迹。

一次偶然的机会，年轻人在一本充满隐喻的书中，看到了"树上的尼采"，他感到有一对翅膀从自己的头顶掠过，他忽然明白了些什么，并再次感受到意志的强大力量。

后来，一家新书店出现在人们眼前。那是一棵很大的榕树，它的根系非常庞大，有一架厚实的环形木梯通向上方，一座漂亮的木屋就建在大树中间，木屋上挂着一块招牌，上面写着四个字"夜莺书店"。书店的灯箱上，有一只优雅而娇小的夜莺，它正骄傲地站在书本上歌唱，歌唱那位过早逝去的诗人，歌唱200年前那个伟大而丰硕的夏天，歌唱这个果实圆熟、梦想成真的秋天……

每个从那棵树下经过的人都会收到一份宣传海报，人们从中读到这样的文字："爱阅读的人，经历过一千种人生。欢迎来到'夜莺书店'——让爱书人梦想成真的书店。"

这家树上的书店吸引了很多人的目光，特别是在夜晚，店招亮起来的那一刻。路过的人们都说："夜莺就住在这棵树上呢，它的歌唱非常动听。"

在接受电视台采访时，年轻人有些腼腆地说道："对于梦想来说，如果不能落地，就让它远离地面吧。"

# 《文心雕龙》探赜索隐录

　　某地成立文艺评论家协会，当地知名文艺家、评论家、文艺理论家云集，盛况空前。会后，首任会长邀请部分来客到会所小聚，进一步参观交流。

　　在会所藏书室，会长向来客们展示了他的部分收藏品。在一排古色古香的书架前，会长略带得意地向来客们介绍道，他这一生只读一本书，随后，他伸出右手指向其中一个书架。

　　来客们顺着他的手看过去，只见那个书架上高高低低、胖胖瘦瘦挤满了书，有精装本、平装本、线装本、毛边本，但是定睛一看，满书架都是同一本书——《文心雕龙》的各种版本。

　　据考证，《文心雕龙》约成书于公元501年，其作者刘勰被尊为中国文学评论界的"祖师爷"，这部作品可谓家喻户晓。但是，同时收藏有这么多不同版本的《文心雕龙》专架，来客们倒是头一回看到，他们纷纷向会长竖起了大拇指，所谓术业有专攻，首任会长当选可谓众望所归。

会长继续介绍道,这个书架上几乎囊括了目前世界上所有《文心雕龙》的版本,除了中文繁体版、简体版,还有英文版、法文版等各种版本。虽然会长不懂法语,但他对法文版情有独钟。"法文版的封面设计很有意境"。说着,会长从书架上方抽出这本书,向来客们进一步展示。

"虽然这本书已被翻译成多种语言介绍到国外并产生了世界性的影响,但实际上,外国人看到的可能是另一本书,比如,英国人看到的可能是 *The Book of Literary Design*(《文学设计》),也可能是 *The Literary Mind and Ornate Rhetoric*(《文思与辞饰》),但这些无疑都不是我们所看到的《文心雕龙》。"会长意味深长地说道。确实,有些中国古代经典,经过翻译这道工序,其在汉语中的神韵已基本不存,只剩下外国人能懂的平白直叙,"就像一碗被彻底稀释了的梨膏",会长打了个比方。来客们纷纷表示赞同,并由此说了开去。

"这点我深有同感,我个人印象最深刻的是《理想藏书》政治书目里推荐的一本书,这本书是从中国翻译出去的,推介给法国人读,后来经由《理想藏书》中文版又推荐回国内。书目中介绍说,这本书是中国战国时期的一些作者写的,是集体智慧的结晶,书中汇集了古老中国人的政治思想,从小故事到理论文章,无不充满了矛盾和悖论。我当时一看书名就懵了,战国时期哪本书叫《话语的危险》?思来想去,这不就是我们的《战国策》吗?太坑了,翻译出去再翻译回来已经完全变了模样。这本书的条目就在《理想藏书》中文版第524页,大家有空可以去翻翻看,我对这个页码印象非常深刻!这辈子都忘不了啊。"说这话的是一位戴眼镜的中学语文教师,他说起话来容易激动,喜欢边说话边扶眼镜,好像很担心眼镜突然间从鼻梁上滑下来。

"没错,所以说,外国人无法体味到原汁原味的《文心雕龙》,哪怕是精通古汉语的汉学家,也只能看懂汉字,而不一定能读懂并感受到其中所蕴含的神韵。"会长继续评论道,他再次向来客们强调了"神韵"这两个字。

"会长所言极是。外国人喜欢直白,直来直去。我们的汉语特别是古汉语,那真可谓博大精深、高度凝练、蕴含丰富、气象万千,一个字能顶外文一大串。同样,外文作品翻译进来,哪怕再直白如水的原名,也能给翻译得像一本天书一样深奥。我记得有本书叫 *Thinking about the Earth*,是澳大利亚一位大学教授奥尔德罗伊德写的,书的原名够直白的,直译也就是'地球思想史',再细化一点就是'地质学思想史',但是,这本豆瓣读书评分高达9.0分的神书,却毁在了中文译名上,可能译者觉得原名太直白,想给它再升华一下,于是,就把原名'地质学思想史'降级为副题,另拟了一个博大精深的书名——'地球探赜索隐录','探赜索隐'这四个字,直白点说就是'探究深奥的道理,搜索隐秘的事情'。这个书名倒不是说不好,而是太好,太过于深奥,看了这个书名谁能想到这是一部思想史?那得转好几个弯才能绕回来啊。你们说是不是?"发言的是一位中学地理老师,他这人喜欢直来直去,据说他上课风格十分幽默生动,他能把一班学生带出去"环游"地球一圈然后在下课铃声响之前回来。他还经常把他教学生涯中碰到的一个奇葩学生当作特殊例子来讲，以便提醒学生们在表述时要注意简练，不要像某人一样走弯路。那个学生究竟做了什么令这位老师印象如此深刻？事情是这样的，在一份普通的地理试卷上，有一道简单得不能再简单的题目："地球公转的周期是多少？"答案非常简单：一年。随便哪个小学生都答得出来。但是，20世纪90年代那一届就有这么一个学生，他在谨慎思考了一番之后，非常慎重地在画线部分的上方填上了"365.2564日"。"答案倒是没错，但是，直接写'一年'不是更简单粗暴正确吗？偏偏要写这么长一串数字，都快超出答案预留的位置了。如果画线部分再长一点，是不是还要把'或365日6时9分10秒'也写进去？万一不小心把其中哪个数字写错了不是得白白丢分？！"地理老师说到这事依旧非常激动，想要拍桌子。

"确实如此，确实如此，李老师又给我们上了一堂生动的地理课啊，哈哈哈。"会长见来客们都被地理老师带去环游世界了，赶紧把队伍拉回来，不然楼都要盖歪了。

"版本非常重要，但是意识到这一点的人似乎并不多。"会长继续回到主题上来。"大家可能会以为，同一本书，一个版本就足够了，最多再收个两三种不同版本作为对比参照，已经非常多了，何必把所有版本都搜罗殆尽？此言差矣。版本非常重要。"会长再次强调版本的重要性，"同一部作品，读的是哪种版本，往往就决定了研究的深度，特别是中国古代典籍。普通读者读读普及本，当然是可以的，但是，其中往往存在谬误。就拿《文心雕龙》来说吧，除了上面提到的各种版本,最好还要参照权威影印本,因为整理本难免存在谬误,但权威影印本就可以很好地避免这一点,同时,也可以从中看到各种版本在历史流传过程中发生的细微变化,哪怕只是一字之差。比如这一本,就是传古楼据上海图书馆藏乾隆六年养素堂刻本影印的,黄叔琳辑注,印制清晰,而且还是精装版,初版只印了1000册,值得收藏。还有一版是精装毛边本,限量编号发行,更具收藏价值。"会长说着从书架最顶格取下了那本限量编号发行的精装毛边本《文心雕龙》。

"嗯,没错,毛边本就是要专用于古籍才有它的味道。现在不管什么书都喜欢搞一点毛边本,实在是没有意思,古色古香的经典之作才配得上毛边本这一形式,边裁边读,细细品味,其乐无穷,就像一个世界在你面前徐徐展开。"说这话的是当地一位藏书家,他对毛边本的泛滥有些反感,多次在公开场合对此予以批评。"是啊,真正懂毛边的人并不多,甚至有极个别的读者,买了毛边却不识毛边,一转身就给商家打了个大大的差评,还说什么'印制低劣,实属罕见。页页相连,实不能读',搞得商家两眼泪汪汪,心里有苦说不出。"会长接过话题道。

"玩个游戏,如果有200本限量编号发行的精装毛边本《文心雕龙》摆在你们面前,你们会选择哪个编号?"会长很擅长调动现场的气氛,来客们都对这个话题很感兴趣。

"我可能会选001号,编号越靠前越好!""我选008,我喜欢'发'。""我会选168,数字不错。""我选200,终极编号。"大家七嘴八舌地抢着自己想要的编号,仿佛眼前就有一堆限量版等着他们去抢。"可惜,001号没有参与出售,可能是商家自己预留了,将来可能会拿出来拍卖,总有些土豪喜欢抢第一。"会长遗憾地说。"其实这个问题我当时也想了很久。当时,002号至200号这199个编号就摆在我眼前,我有机会选择其中任意一个。但是,当晚我失眠了。我陷入了选择困难,很焦虑,整个晚上,我的头脑里滚动的全都是数字。我在思考一个问题——到底哪个编号对我来说才具有真正的意义?哪个数字才能代表我?就在我犹豫不决的时候,比较靠前的编号都被买走了。但我仍旧没有得到自己的答案。我问自己,到底想要一个什么样的编号?我想,这个编号必须与《文心雕龙》有关,必须能够解释我与《文心雕龙》之间的渊源,必须与《文心雕龙》文本之间具有某种紧密的联系。就这样,我思考了整整一夜,就为了选择一个编号。"会长提到此事仍不禁摇头慨叹。

"结果怎样?选了什么编号?"来客们对此都很好奇,他们很想知道思考了一整夜的答案究竟是什么。"我选的是——"会长翻开书,向来客们展示其中的编号。"当我最终下定决心选择这个编号,我已近乎疯狂,当时,前50的编号已经所剩无几。其实,要选择一个对自己有意义的编号,对于这本书来说是非常简单的,可以说,答案就在目录中。《文心雕龙》的每一个章节都对应了一个序号,从《原道第一》到《程器第四十九》,加上《序志第五十》,一共五十篇,只要从中去寻找自己喜欢的序号即可。可是,哪怕只有50个编号待选,也够让我纠结一番的。最终,我选了大多数人并不看好的,但与我最为有缘的048号,与之对应的是《知音第四十八》,我确定,这就是我要的编号。当然,如果脱离《文心雕龙》来看,048号可能算不上什么好数字,但是,放在《文心雕龙》这本书里,我觉得,这才是我所要的编号。正所谓,'人生难得一知己,千古知音最难觅!'"会长抑扬顿挫地朗诵着这句歌词,此刻,《知音》这一熟悉的旋律,大概正在他的耳畔回响。现场突然响起一阵掌声,来客们纷纷对会长的独特品位表示赞赏。

"我说我这一生只读一本书,这并非夸张或者玩笑。在这间藏书室里,除了这一架是《文心雕龙》不同版本的专柜,其他的书架上,也全都是有关《文心雕龙》的各种研究专著,包括各种版本的《文心雕龙辞典》,一句话,这里所有的书都与《文心雕龙》相关。都是从不同角度切入对《文心雕龙》展开研究的学术专著,或者相关学者的整套文集,只要其中涉及《文心雕龙》,都在我的搜罗范围,大家以后如果发现什么新版本,只要是我这里没有的,都欢迎推荐给我。"会长信心满满地说。他心里相信,这种情况其实不大可能发生,这间屋子里几乎收集了所有可能找到的《文心雕龙》版本,大陆版、台版、港版、外文版尽在其中。但是,只要有可能,他还会继续搜罗下去。

"这一屋子的《文心雕龙》,如果只能带走其中一种,你会选哪种?"终于,还是有人提出了这个终极问题。这个问题,估计会长早已彻夜思考过,所以,他只略作停顿,便回答道:"只能带走其中一种,这个问题非常令人揪心,我希望不是因为发生火灾或者什么特殊情况,需要做出这样的抉择,而只是因为一次较长时间的旅行,比如说需要去某个荒岛上住上一年之类的,需要带走其中一种,那么,我想,我会选择那套影印版《〈文心雕龙〉资料丛书》,厚厚的两大卷,十六开本,而且是精装本,比传古楼的那个精装版还要经典,而且印数非常少,只印了300部。是的,全国只有300部。那是一套相当厚重的书,其中包括《唐写本〈文心雕龙〉残卷》《元至正本〈文心雕龙〉》《明王惟俭〈文心雕龙训故〉》等七种《文心雕龙》重要版本。带上它,在荒岛上不要说一年,十年我也可以待得下去。"会长的脸上流露出一种难以言说的幸福,仿佛拥有了这套书,就拥有了全世界。

# 《纸手铐》：最具创意的书

那一年，《纸手铐》终于出版了单行本。这部单行本凝聚了最新的图书设计理念和创意，颇具时尚感和趣味性，受到读者的追捧与好评，并入围"年度最具创意的书"，最终荣膺"最具创意的书"称号。

《纸手铐》单行本在装帧设计和内容上主要有以下特色：

首先，如果你从中间（第54页处）打开这本书，当书本完全摊开后，呈现在你眼前的，将是一座纸上"监狱"，合上书，"高墙"随之消失。如果从第26页翻开，将出现一个由高墙围成的天井，有33名囚犯围成一圈，正在天井底部漫步。如果从第80页翻开，将出现一个电影放映室，囚犯们正在这里看电影，打开手机扫描银幕，你会看到他们正在观看的是《纸手铐：一部电影和它的43个变奏》。

其次，《纸手铐》中的43个变奏全部独立成章，每一个变奏的留白处都插入一位民间剪纸艺人的作品——"纸鸟"作品系列。这些"纸鸟"千姿百态，栩栩如生，共同点是它们都处于"飞"的状态，表达了艺术家对自由与飞翔的渴望。

　　第三,为了把这本书制作得厚实一点,赋予它相应的分量,同时增加图书的趣味性,设计师在书中增加了13个折页,每个折页中都藏有一副"纸手铐",可以取下来作为道具,颇具创意。

　　第四,作者特别为这部具有纪念意义的单行本写了序言和后记,回顾了当年写作这部划时代作品的心路历程,以及作品背后鲜为人知的故事,使这部作品在形式上更为完整。

　　经过这样的处理,这篇原文仅有19页的经典作品,最终被做成了一部108页的单行本,再加上精装外壳和各种折页,很有质感。多种艺术表现形式,隐藏的道具,互动环节的设置,为这部单行本增色不少。

　　《纸手铐》单行本上市后很快加印,供不应求。很多读者反馈,随书附送的13副"纸手铐"太好玩了,戴上之后,很有安全感,"手"的存在感更强了。特别是那些"手机控",平时他们的手正是处于这样一种"被铐住"的状态,与戴上"纸手铐"的感觉非常契合。很多玩家为了更加专注于游戏,特别购置了许多《纸手铐》单行本,以便使用其中的道具,甚至对这本书产生了依赖与迷恋。

　　另外,有不少读者反馈,他们通过《纸手铐》单行本中的道具,治愈了困扰其多年的失眠症或主动失眠症,现在几乎每晚都离不开它。有了"纸手铐"的定位,他们不再害怕做梦,不再害怕梦的辽阔、虚无与缥缈。

　　甚至在"监狱图书馆"也可以看到这本书——既然"监狱图书馆"里可以找到《基督山伯爵》和《肖申克的救赎》,为什么不能有《纸手铐》呢？况且"纸手铐"的发明者正是一位监狱管理员,他对此项发明相当自豪。

在"监狱图书馆",《纸手铐》单行本也受到囚犯们的青睐,借阅率很高。管理员甚至发现,有人在《纸手铐》空白处写下了一首名为《囚》的诗：

"囚犯梦见一串钥匙和无数尚未打开的铁门/他的一生都在试图逃脱,赦免的可能性仅有万分之一/这个数据被不断地篡改,几近完美/囚犯梦见一切不过是虚构,手铐是纸的,门也是糊的/甚至狱卒也不堪一击,整座监狱都是一堆废纸/一堆由城市排泄堆砌而成的垃圾/囚犯的每一行字都是遗言/他无法确定能否刑满释放/对他来说,最大的自由是/囚。"

后来,管理员将这首佚名诗推荐到《监狱文学》杂志上发表,使一颗沦亡的心隐约看到了一丝希望。

# 克尔凯郭尔的"隐喻机器"

众所周知，克尔凯郭尔拥有一台"隐喻机器"，不论他想对读者说什么，他都会先将他想表达的内容输入机器，接着，这台机器就会输出一幅与内容相应的画，他再根据这幅画为读者讲述一个简短而精练的故事。这些故事往往蕴含着丰富的哲理，寓意深刻，生动形象，给人终生难忘的印象。

克尔凯郭尔对这台"隐喻机器"的迷恋与依赖简直到了疯狂的程度。为了能够随时使用这台机器，克尔凯郭尔请人对机器进行了改造，以便这台机器可以跟着他自由移动，为观众们进行即兴表演。如果所在场合不允许他使用这台机器，那么，他宁愿什么话也不说。

克尔凯郭尔的"隐喻机器"，往往以大家最熟悉的日常生活场景作为作画背景，让观众轻松置身其中。经由这台"隐喻机器"，克尔凯郭尔创造出了许多经典寓言故事。

对克尔凯郭尔来说，这台机器无异于一种论辩的武器，它可以帮助他轻易地解除对手的武装；它又像是魔术师在舞台上必不可少的道具，让观众身临其境体验到其中的神奇，通过亲身参与获得更加深刻的启示。

有一次，剧院里有观众向克尔凯郭尔提问："请问，那些试图对当前时代发出警示的人会有何种遭遇？"克尔凯郭尔笑了笑，转身走向机器。不一会儿，他从机器里拿出一幅画，看了一眼，随即转身走向后台。观众们面面相觑。

突然，从后台跑来一个小丑，手舞足蹈大声喊叫："后台着火了！大家快跑啊！"但是没有一个人认为这是真的，观众们觉得小丑只是来救场的，因为显然克尔凯郭尔回答不出问题跑掉了。小丑喊得越卖力，观众们的掌声就越热烈，大家都认为这是节目的一部分，而没有人去关心后台是否真的着火了。见状，小丑无奈地摇摇头，返回后台。

终于，克尔凯郭尔又回到舞台上。他向观众展示手中那幅画，同时宣布："这幅画叫作《末日的欢呼》，这就是我的答案。世界的末日将在所有聪明人的一致欢呼之中到来——他们相信那不过是一个玩笑。"话音刚落，观众们如梦初醒，剧院里响起阵阵掌声。

# 幽默之书

幽默之书,拨动着我们起初细长而敏感的幽默神经,随着每一次的拨动和捧腹大笑甚至笑出眼泪,这条幽默神经逐渐变得粗壮而迟钝,直到再也无法轻易被拨动。

幽默是稀缺的。世界上那些经典的短幽默、小笑话是如此有限,看来看去就那么一些,而长篇大论的幽默故事又是如此令人感到乏味,通常读了半天也找不到其中的笑点,给人一种被欺骗的感觉。

因此,当你初次遇到一个笑话,请在被笑点击中的那一刻就放声大笑,否则,当你再看第二遍或许就没这个"笑果"了,所谓"再而衰,三而竭",你必须一鼓作气,因为,幽默之书的效力显然是递减的。

亚里士多德在《诗学》中把"喜剧"定义为"对道德品质低下的人的模仿";伏尔泰曾说,"人是唯一会笑又会哭的动物";克尔凯郭尔把幽默当作一种新的宗教修炼方式;也有人认为,"笑是人的特有功能",但这个观点似乎太过武断。

据说,手持镰刀、身披黑袍的死神也很喜欢幽默,他甚至许下承诺,谁要能把他逗笑,他就会给对方多一次机会,让他在人世间多逗留一年。当然,这一年中,对方想必会挖空心思地寻找最幽默的"幽默之书",并勤加练习,以便一年期满后能够再次把死神逗笑,哪怕只是无意中。这件事,卓别林侥幸成功了六次,或者应该说,死神对这个饱经沧桑的老人是心存眷顾的。

充满智慧的幽默更是稀缺之物,当幽默的资源渐渐枯竭,纯粹的文字游戏、有意无意的口误、恰到好处的自嘲、俏皮话双关语或无厘头闹剧,以及对滑稽动作、愚笨之人的模仿成为新的幽默来源,甚至黑色幽默、荒诞故事、讽刺作品、格言警句也成为其中一员。

必须承认,无处不在的监控摄像头为我们所处的这个时代提供了更多真实发生过的"笑料",这种幽默是如此真实地发生在地球上的某个角落。在目睹某些陌生人的滑稽行为时,人们难以抑制地笑出了泪水。人们往往忍不住只看了三十遍,直到肚子开始有些发痛。

虽然幽默之书是那种短时间内不会想再看第二遍的书,但不可否认,幽默具有特殊的疗效,它是非常治愈的。正如纳博科夫所说,"开怀大笑是最好的药剂"。那么,幽默的源泉会不会枯竭?对此,马克·吐温早就给出了答案,"幽默的秘密源泉不是欢乐而是悲哀"。这个世界,欢乐总是如此短暂,有时还长期缺货。

# 十一个舅舅

我有十一个舅舅。

第一个舅舅很早就过世了，听说他个子不高，身材瘦削，敏感多思，尽管我从没见过他，但他对家族的影响是巨大的，他的早逝也给家族蒙上了一层忧郁的面纱，甚至对我产生了间接的影响。人们看到我，总会说我和他长得很像。于是，我一天天地长得越来越像第一个舅舅。他短暂的生命留下的印记不多，只有一本并不畅销的诗集和一些私人信件。据说他谈过一次恋爱，还差点结婚了。

第二个舅舅长得非常帅气，他的个头很大，内心却很细腻，还有点害羞，平时不大爱说话。但在工作时，他似乎变了一个人，能言善辩，思维敏捷，就像一位击剑高手，从不给对手留下任何机会，同时又会给予对手致命一击。他喜欢穿黑色西装、黑色皮鞋，带黑色公文包，用黑色笔记本，他喜欢和黑色有关的一切。白天他是一名律师，晚上则关上门写小说，写完就烧掉，我只见过被火舌舔过的一小部分残页。"为自己的作品做出的最后努力就是把它烧掉。"这是他所信奉的信条。

第三个舅舅曾经是位教师，他的成长经历相当励志，他完全是靠自学成才的，他凭借自己的勤奋好学改变了自己的命运。小时候最常听到的一句话就是——"向你三舅学学吧""你要有你三舅十分之一就好了"。他非常博学，在音乐、教育学、植物学等方面都有所建树。后来，他爱上了自己的一个学生，并和她一起私奔了，从此音信全无。现在，提起三舅，人们总会说，"你可千万别学你三舅啊"。

第四个舅舅是个单身主义者，和第一个舅舅一样，他也差点就结婚了，但现在，他既不谈恋爱也没有和谁私奔的倾向，他专注于构建自己的哲学体系，他似乎就是为思考而生的。他的哲学体系非常接地气，很受读者欢迎，他几乎每隔两年就会出版一本哲学著作，有的很薄，有的厚得吓人。我最喜欢他送给我的一本哲学寓言集，里面有很多有趣的故事，有的故事里似乎还有我的影子。

第五个舅舅很讨人喜欢，他似乎无所不知，上知天文下知地理，满脑子都是讲不完的故事，用现在的话来说，就是"脑洞很大"。不过也难怪，他的脑袋上确实有个坑，据说是小时候磕的，现在还留有疤痕，额头上有一撮头发专门用于遮盖它。他喜欢和孩子们一起玩弹珠游戏，玩得很认真很投入，似乎这是一件关乎宇宙运转的大事，丝毫马虎不得。他还喜欢收集沙子，他就是那种能从一粒沙子里看见世界的人。

第六个舅舅看不见沙子里的世界，因为，他是个瞎子。他的世界不是突然暗下来的，而是慢慢变得模糊，他很早就知道自己会失明,就像他的母亲我的外婆一样。因此,他很想赶在失明之前,看完所有想看的书,记住所有不想遗忘的风景和面孔,这也加剧了他失明的进程。他也没有结婚,但他有自己的终身伴侣,她就是他的拐杖,他的双眼。现在,他们一起经营着一家旧书店,日子过得挺幸福。

第七个舅舅是个"万人迷",他叼烟的姿势迷倒一片,我的第一支烟就是他偷偷递给我的,仿佛不抽烟就不像个男人似的,可惜我最终也没有学会。他在一家报社当记者,报道过不少重要事件,得过不少新闻奖,也经常处于危险之中。但他就喜欢这种紧张刺激的感觉,认为平平凡凡的生活太过普通而不值得一过。除了新闻报道,他也写了不少有意思的文章,他的微博拥有很多粉丝,我也是其中之一。

第八个舅舅是个理想主义者,他非常文雅,文雅得甚至有点疯狂。他喜欢下棋,研究棋谱,他的生活几乎完全和棋盘融合在一起,中规中矩,按着规定的口诀行进。"你以为这是在下棋,其实这就是人生,每一步都需要慎重。"如果有人说他无所事事,他就会这么回答对方。他还把下棋时所产生的感悟,写成了一本叫作《象棋哲学》的书。如果说他的人生会有什么出格的事,那大概就是他的棋子突然发疯跳出了棋盘。

第九个舅舅是个早产儿,出生时只有四斤,所以,他还有个小名叫"四斤"。"四斤"舅舅的成长之路走得比较波折,他当过学徒,养过鸽子,做过银行保安,业余时间还去学过低音提琴。之所以选择这么有难度的乐器,大概是因为他想挑战一下自我。他喜欢跨界,后来,他又转行去学香水制造,现在,他是一位出色的香水制造师,他所调制的香水,令人神魂颠倒。

第十个舅舅看上去比较古怪,他不爱与人交往,沉浸在自己的世界里,但谁又不是呢?他喜欢纸,和纸有关的一切,当然也包括书。他喜欢折纸、剪纸,听纸发出的声音,收集各种各样的纸,在纸上创造属于自己的世界。他的怪癖一度影响了我,小时候我也曾收集过糖果纸。除了剪纸,他每天都写日记,不过他使用的是一种自创的文字,这样,他就能把所有的秘密都写下来,哪怕是邪恶的,而不必担心别人看到。有一次,他把他的日记本拿给我看,并焦急地问我看到了什么,我说什么也看不懂,他说看不懂就对了,然后他就收回日记本高兴地走了。他似乎还是一位神秘主义者,相信世界上有一种"剪影刀",可以把人的影子裁下来,这样,影子就可以自由行动,去做主人想做而不敢做的事。我想,他大概是发了疯。

第十一个舅舅和第十个舅舅有一拼,他相信人死后会化成蝴蝶,所以,他经常拿着捕蝶网到处转悠,小心翼翼地收集各种蝴蝶。他相信,也许有一天他会碰到他的大哥,那个早逝的诗人,那个给家族带来巨大悲痛却又永远年轻的人。每次去祖庙祭拜,他开门时都会小心翼翼,生怕惊动了里面的飞蛾,谁知道那又是哪位祖先的化身呢?他对蝴蝶的研究简直着了迷,当然,他也做出了一些成绩,有些稀有品种还是以他的名字命名的。听说,他还打算写一本叫作《浪漫主义蝶》的书,看样子是受到了波拉尼奥《浪漫主义狗》的启发。

这就是我的十一个舅舅。

# 伯吉斯果酱

在一家面包店的柜台上，摆放着各种各样的果酱，有橙味的，有草莓味的，有巧克力味的，也有炼乳原味的，这些果酱是切片面包的最佳伴侣，孩子们都爱它们。伯吉斯对橙味果酱情有独钟，毕竟，它带有一个"橙"字，一看到这个字，他就会想起他所偏爱的那部作品。

回家的路上，迎面而来的都是广告，它们不断循环播放着，想要强制在人们的头脑中留下印象，以便人们在需要同类产品时，不约而同地想起某句广告词，并自发地认为这是该类产品中的佼佼者，否则自己怎么会印象如此深刻？走进电梯，四面都被广告包围了，汽车广告、贷款广告、整形广告……无奇不有，它们纷纷趁人不备钻进脑子里，躲进偏僻角落，不再出来。

回到家中，坐在沙发上，伯吉斯没有立刻打开电视，他知道，电视上的情况也不会比现实中好多少，同样是不停地播放广告，所有精彩节目都插播在广告与广告的间歇，作为对人们观看广告的一种犒劳，有这一点好处，广告商们就可以像驯兽员一样，渐渐将所有的观众驯服。

伯吉斯在盘子里铺开两片面包,拿出刚买的果酱,准备在面包上画上一张笑脸,然后吃掉它,就像往常一样。但是,这一次,他却鬼使神差地打开了给孩子们买的巧克力果酱,在面包上画了一只眼睛,一只带有齿轮状睫毛的眼睛。他盯着这只眼睛看,仿佛看到了亚历克斯,看到了一只带发条的橙子……

忽然,伯吉斯的脑海中闪过一个念头,他打算投资生产一款果酱。这款果酱不是一般的果酱,它具有特殊的功效,能够帮助人们免于被广告等信息"洗脑",保护每个人的自由意志,维护人们在事物面前的选择权,不再仅仅依据头脑中潜藏的某种奇怪的声音而轻率地做出某种决定。

他为这个想法而感到激动,他走进厨房,打开橱柜,拿出一个瓶子,里面封存着那部他所偏爱却又不愿再看到的作品。也许是封存时间过久,那部作品已完全液化,闻起来就像一种橙味的果酱,但它的配方与普通的果酱完全不同,这是一款"发条橙果酱"。他用汤匙挖了一勺,尝了一口,立刻感到神清气爽,耳边的嘈杂声瞬间消失了。现在,这款果酱的原始配方已经有了,很快就可以批量生产。

生产商对这款产品很感兴趣,毕竟,它具有新奇的卖点,有噱头,容易做广告。人们有时花钱购买的并不是产品,而是新奇的点子。不过,在商品的命名上,伯吉斯和生产商产生了分歧,生产商认为,叫"发条橙果酱"更好一点,毕竟那部作品的效应在那里,做起广告来也容易得多。但伯吉斯显然已经不想再看到这个名字被大张旗鼓地放进电梯广告中,他坚持使用一个新名字,理由是"发条橙果酱"容易和普通果酱混淆起来,况且"发条橙果酱"这个名字会使人们产生某种机械式的联想,甚至觉得产品中有某种机油残留的味道,影响产品销售。最后,他们达成一致意见,这款新产品就叫"伯吉斯果酱",这个名字确实还不赖,特别是在出口方面具有优势,因为它的名字给人的第一印象就是一款进口产品,在某些地区,一个产品的译名足以决定产品的生死。

至于产品的标志,生产商自然还是倾向于果酱上应该有个橙子的图案。伯吉斯认为,橙子的图案是可以,但是只有橙子的话显得太普通了,不足以代表这款产品的特殊功效,必须对橙子的图案进行改造,以便准确传达出产品的信息。最后,他成功说服生产商,在一个外形酷似脑袋的橙子上,增加了一顶帽子,因为这款"伯吉斯果酱"就像一顶安全帽,能够很好地保护人们的大脑不受外界的侵扰。这个建议生产商非常赞同,生产商决定,就使用电影《发条橙》中亚历克斯所佩戴的那款"鲍勒帽",它知名度高,具有识别度,而且这款帽子最初就是为了保护头部而生产的,它的顶部非常坚硬,能够抵挡一般的坠物,与这款果酱的功能非常契合。

很快,这款"伯吉斯果酱"就上市了,人们从露天广告、电梯广告、电视广告上都可以看到它的身影。为了保护自己和家人的大脑,人们纷纷排队购买这款新产品,同时,这款产品也带火了"鲍勒帽"的销售。

# 命运之书

　　有些人相信，人体内藏着一本命运之书。他们通常在牙医那里感知到这一点。当他们躺在牙科椅上，他们就像是读书架上摊开的一本书，在聚光灯的照射下，这本命运之书展露无遗。

　　这本命运之书，记载着一个人的童年，他的成长史，他的现状以及已经写好的未来。它就像是树的年轮，岁月的痕迹都被忠实地记录下来。是否得到解读，似乎并不重要。

　　你的牙医不会明确告诉你，他在你的命运之书上看到了什么，如果你感觉到了什么，他会告诉你，他什么也没说。毕竟，这是一本命运之书，书上的一切，不应该被透露。

　　这大概可以解释，为什么那些当过牙医的小说家，对人性及人的命运洞悉得如此透彻。在"弃医从文"之前，他们已经浏览过那么多命运之书。但在病患面前，他们什么也不能说，因为，洞悉一个人的命运，是可怕的。同样，一个人的命运被他人洞悉，也是可怕的。

　　于是，有些病患不再去找同一个牙医，似乎这样就可以避免自己的命运之书被他人深入解读。而有些牙医也不再当牙医，就像一个终日只能阅读却无法开口评论的读者，他的内心感到无比压抑，他很想出去走走。

然而，当他走在大街上，无可避免地还是要看见许多张嘴，他只要瞄一眼，便可以看出个大概，就像一个读者看一眼书名，就知道这本书大概应该归到哪一类，这种直觉，基本上不会出错。

# 灼热的秘密

"对某些人来说，451华氏度要比233摄氏度灼热。甚至想象一团火焰都能把他们灼伤。"在医院里，一位医生对旁边的实习生说道，实习生很认真地把这句话记了下来。

他们正在讨论最近发生的奇怪现象。这个月医院已经收治了好几例病患，他们都被一种无形的火烧伤了。据其中一位病患回忆，当时，他正在看报纸，突然，报纸就着起火来了，引燃了他的西装，他赶紧把衣服脱掉，在地上打滚。奇怪的是，调查员调取监控录像，却并没有发现着火的现象。但这位病患的皮肤确实被某种无形的火烧伤了。医生虽然见多识广，但对于这种情况，也感到很迷惑。

随着收治病例的增加，医生逐渐了解到一个规律，即这些病患都是通过某种读物引发了自燃现象，比如有的病患看到"火"字，就会联想到火灾，进而被火焰灼伤。有的病患联想能力比较强，通过报纸上不同位置读到的文字和数字组合，得到"4-5-1-华-氏"的暗示，随后，他感到报纸在燃烧。

"这些病患普遍具有一种'火柴人体质',他们的头部很容易被来自外部的摩擦点燃,进而引发自燃。"医生用了一个很形象的比喻,实习生点点头继续记录着。

随着与病患接触的增多,医生进一步了解到,这种自燃现象似乎与这些病患所从事的职业有关,他们在日常工作中,就对这类词汇非常敏感,他们的工作任务就是清除这类容易引发自燃的词汇。因此,当在某些读物上发现这类词汇的存在,甚至只是可疑的迹象,都会引起他们的强烈不适。

"因此,最后,我们一致将这一现象定义为'职业病',而他们的受伤也理应属于工伤,应该获得相应的待遇与补偿。"医生笑着说。

# 梦境之书

你无法拒绝梦境，特别是，当你希望通过梦境见到某位久违的故人。但事实上，你无法操控梦境，在梦中你只能随波逐流。

在梦中，你既是梦的中心，也可以是圆周上的任意一点。有时你被追赶，同时，你又是追赶者，你的意识不停地在不同的点上觉醒。

在梦中，你具有多重化身，就像你的梦中人。有时你看见 A，一转眼，你又发现她其实是 B。瞬息万变的梦境，令人沉沦其中无法自拔。

梦是现实的投射吗？你在现实中所厌恶的，在梦境中依然存在，现实中的喧哗与骚动，依然在梦中的舞台上演。你在现实中害怕失去的东西，在梦境中依然没有把握。就像一个嗜书如命的书痴，在中转站焦急地守护着那些沉重的行李。醒来发现是个梦，他将非常欣慰。

梦境是对现实的补偿吗？有时，你疯狂地想要得到一本书，于是,经过多日的努力,你来到梦幻般的门德尔图书馆,并在管理员的帮助下顺利得到了那本书。你欣喜若狂,做梦都会笑出声来。

梦中经历过的场景,与现实中发生过的事,并没有多大的区别,它们同样已经成为记忆的一部分,只不过,这种记忆只属于自己。那些在梦中得到的书,同样也正藏在某个书堆里,只不过,你暂时无法找到。

当然,为了进入梦境,你不得不牺牲宝贵的时间进入睡眠。从失眠与睡眠中你能得到什么?哪个更多一点?这是需要权衡的一个问题。当你感到已经无法从失眠中得到更多东西,就像一个已经被压榨完的橙子,再也挤不出一滴橙汁,你就会对睡眠感到一种亲切,从而放松地把自己交给睡眠,如同所有正常人一样。

# 上了发条的橙子

　　手工榨橙汁,是很累人的一件事。但如果是一个带发条的橙子,只要上足发条,便能毫不费力地得到半杯橙汁。是的,半杯——从一个橙子里,难道你还想要得到更多?

　　现在,这个干瘪的橙子,这个即将被投入垃圾箱的橙子,它看到上帝的杯子里有了半杯橙汁,它感到很满足,它已经尽力了,再也挤不出一滴。

　　希望像空气一样,迅速充满了它空荡的胸腔。现在,它只希望上帝能抽出一点时间,品尝一下这半杯橙汁,慢慢地,不要太快,这半杯橙汁实在是有点寒酸。品尝后,最好能够做出一点点评,或者,脸上能够流露出一丝表情,以便旁观者能从中做出一些判断。

　　作家正是这么一个"上了发条的橙子"。这半杯橙汁,正是他的"生命之书"。历史上所有伟大的作家,并非用文字写作,他们是用自己的全部生命在写作。他们用生命换来了那些书,并希望那些书能够延续他们的生命,在后世一次次阅读中将他们从沉睡中唤醒。

# 荒诞之书

众所周知,有很多神奇的事件都和树有关。

亚当和夏娃吃了树上的禁果,开始能够辨识善恶,同时也遭到驱逐。人类开始独立思考,试图掌握自己的命运。

牛顿看到苹果从树上掉落,陷入了冥思,进而发现了万有引力。这一伟大理论开启了人类认识宇宙进程的大幕。

两个流浪汉在荒野路边的一棵枯树下,等待一个叫作"戈多"的人物出现。这部在世界戏剧史上具有里程碑意义的荒诞派经典作品,把"荒诞"二字深深地铭刻在观众脑中。爱斯特拉冈和弗拉季米尔在等待中所做出的种种无聊举动,既是荒诞话语中人性的真实写照,同时,也向这个世界传递出"在无望中坚守希望"的信念。

应该注意到那棵枯树,最初只是作为一个背景存在(当然,它也是流浪汉试图上吊时的重要道具),它甚至还不如那块石头实用,但在经历了一夜的等待之后,这棵枯树竟然长出了四五片新叶子。

这个细微的变化令人联想到雨果"在废墟中抽叶"的艺术发展

观,他认为,艺术总是不断地在废墟残骸和未来蓝图之间抽叶开花,没有任何力量能阻止艺术的前进和发展。

这四五片新叶子意味着这棵枯树获得了新生,它在荒诞主义的浇灌下,变成了一棵"荒诞之树"。如果观众在第二幕谢幕后,愿意坐下来继续往下看,就会看到,在第三幕中,这棵树已经长满了绿叶,看到这棵树,流浪汉不会再有上吊的想法,他们觉得一切都充满了希望,戈多一定会来。

他们摘下树叶吹奏记忆中的曲子,度过愉悦的等待时光。他们甚至猜测这是一棵什么树,将来是否会结出果子,这样,他们就可以不用再吃萝卜了,而且这些果子肯定足够让他们坚持到戈多的到来。

在第四幕中,这棵树上已经挂满了"果子",不过,这些"果子"的形状并不那么诱人,它们是"荒诞之树"结出的"荒诞之书",虽然不能吃,但是也足以陪伴他们度过等待的时光。他们爬到树上,开始读这些书。起初有些拼读上的困难,毕竟,他们已经很久没有读书了,读书是很久以前的事了,那时他们还相当体面,甚至拥有自己的书房。

他们从树上读到《椅子》《阳台》《车站》,甚至读到《等待戈多》,读到他们自己。他们站在树上,惊慌地四处张望,他们相信,戈多一定就躲在附近,监视着他们,并写下了这部作品,为了确定他们是否会继续等待,所以戈多一直没有出现。他们决定继续等下去,等待戈多的到来。

# 柯尔律治的"理想读者"

柯尔律治将阅读分为四类。

第一类，"海绵"式阅读。在这里，"海绵"式阅读不是指像海绵吸水一样汲取书中的营养，或者像海绵一样渴望知识，而是指读书像海绵一样，吸入容易，排出也快。

第二类，"沙漏计时器"式阅读。在这里，读者变身为"沙漏"容器，而书变成了细沙，细沙从"沙漏"中间穿过，完成后将"沙漏"倒过来，一本接着一本，周而复始。

第三类，"过滤器"式阅读。其实大部分阅读应该都属于这一类。不管怎样，广泛的阅读，不可能一无所得，必定会在"过滤器"中留下些什么，成为记忆中的一部分。

第四类，柯尔律治没有给出具体命名，但这一类阅读是他所希望看到的，是他理想中的读者的阅读方式。他希望读者不仅仅是为了自己获益而读，比如人们常说"开卷有益"，就是对自己而言的益处。他希望读者能够让别人有机会来运用他们所获得的知识，即一种"利他式"阅读。

这种"利他式"阅读，是持久、真诚、广泛而深入的，在读过之后，不会像"海绵"式阅读很快排出，不会像"沙漏计时器"式阅读止步于"计数"，也不会像"过滤器"式阅读只留下一鳞半爪的印象，而是会发挥出阅读最大的效应，使自己获得某种提升，突破某种瓶颈，并进而使所获得的知识影响到更多的人。

柯尔律治赋予"利他式"阅读者如此重任，也难怪他将这类"理想读者"视为如钻石一样稀有的存在。或者说，在前三种阅读方式中，人更像是一种"容器"，是一种"物化"的体现，而只有在第四类阅读中，我们才能看到读者犹如钻石般闪烁的光芒。

# 少年 π 的记忆迷宫

一个人想要成为 π 要付出多少努力？要将圆周率背诵到小数点后的多少位？自从立志成为 π，那个少年只读四种书：一本《圆周率百万位表》，一本《记忆的迷宫》，一本《世间名物大全》，一套《一千零一夜》。

这种阅读往往在交替中进行。每当位数增加一千位，他都会犒劳一下自己，因为这意味着他离成为 π 又近了一小步。路途遥远，他需要激励。

在成为 π 的奇幻旅程中，他在记忆中为自己建造了一座巨大的迷宫，迷宫中摆满了象征数字的各种名物，他靠编织有关这些名物的故事来记忆庞大的数字。有时他甚至会产生一种错觉，世间的万物似乎就快被他用完了，π 实在是太庞大了，它会消耗掉世间所有的一切，包括他的生命。

当他试着对现有事物进行不同组合创造出新的事物时，这一情况有所缓解。为了记住更多的数字，他必须先成为《一千零一夜》的现代作者,甚至超越原作者,创造出一种永无止境的像 π 一样没有结局的故事。

他明白,世界上很多人都在挑战对 π 的记忆,十万位,百万位,都有人挑战。但是,对于这些,他并没有感到压力,他觉得,他和其他人的最大区别在于,只有他的目的在于成为 π,而不是通过记忆 π 来获得某种证书。这一点很重要,成为 π 和挑战 π,是两个概念。

他日夜编织着那些荒诞不经的故事,迷宫中的万物都被赋予了生命,当他经过这些名物,它们都会还原成一个个数字向他致敬,他就像一个君主,检阅着自己的军队,这支军队,望不见首尾。

有时,他会想,如果 π 是一条贪吃蛇,他会怂恿它吞吃自己的身体(想找到它的尾巴太难了),让它缩成一个球状物,在上面写下一个"π"字,然后装进口袋,然而这个过程想必也会是漫长的,因为,它实在是太庞大了。

在记忆数字的过程中,他把数字转化成名物,把名物编织成故事。然后,再把故事解构为名物,把名物还原为数字。刚开始,这个转化与解构的过程是笨拙的,显得有些手忙脚乱,但很快,他便掌握了其中的技巧。

现在,数字在他眼中是富有故事性的,相反的,故事在他眼中变得枯燥乏味。假如让他朗读一本故事书,他会从中抖落一堆奇形怪状的事物,继而是一堆毫无规律的数字。人们看到他总会说,还是给他一本电话簿吧,那会更合适些。

# 绝望之书

　　克尔凯郭尔对"绝望"进行过专门的论述，卡夫卡更是被称为"绝望名人"。绝望吗？不存在的，绝望正是希望的出生地。看了下面这对孪生兄弟的故事，也许你会对"绝望"有新的理解。

　　图书馆是一座"监狱"，里面囚禁着无数"囚犯"。通常情况下囚犯并不会想越狱，除非他在里面感到绝望。这种绝望往往来自探监率。一名囚犯如果长期没有亲友来探监，就会受到狱友的歧视。

　　这就可以理解，一本长期无人借阅的书，会很想从书架上跳下来，躲过管理员，藏进卫生间，等待一个雨夜，在雷声的掩护下打碎玻璃从窗口逃出去，哪怕粉身碎骨。

　　"唉！"书架上一本红色外壳的书发出了一声叹息，他旁边的兄弟也随声附和。他们是一对孪生兄弟，是一部传记的上下卷。他们的躯体庞大，让人想起《巨人传》里的"庞大固埃"。他们已经很多年没有人来探望了，肩头已经落满了灰尘。好在他们是一对兄弟，还可以互相拍拍肩膀彼此安慰一下。

同一位传主的其他传记经常有人借阅，和这对兄弟相比，他们要苗条得多，而庞大的身躯往往令人望而却步。要同时翻阅这一套上下卷的书籍需要勇气，更别说借阅了，况且一般挎包也装不下这两块大砖头。

兄弟俩向狱友们打听，如何才能安全且成功越狱？长期无人借阅已经令他们感到绝望，他们打算合力逃出这座监狱。他们必须一起走，假如离开对方他们就将一无是处，只有在一起，他们才是完整的。

他们也曾想过，直接牵手从书架上跳下去，但是，庞大的身躯使他们打消了这个念头，因为这势必会产生巨大的声响，引起管理员的注意，然后再次被塞回书架，那岂不是白白磕坏了身体，得不偿失。

就在他们拿不定主意时，不远处的一部魔法百科全书开了腔，他刚从外面回来，他很有魅力，经常有人来探望他。他对兄弟俩说："其实不用这么麻烦，还有一个更好的办法，不费吹灰之力，就可以离开这里。"听到这句话，兄弟俩似乎又看到了希望，打起了十二分精神。"什么办法？"他们异口同声地问道。"很简单，继续等待，只要达到一定年限，如果还是无人探望，就会被打上一个神秘记号，准许离开这里。"兄弟俩对此很感兴趣，但是这个"一定年限"到底是多久呢？他们上一次被人翻动还是图书馆搬迁的那次，印象中有些粗暴，他们已经很久没有被人温柔地抚摸过了。

兄弟俩继续等待着，他们有足够的耐心，就像当初作者写下这部传记,那得有多大的耐心啊,此后再也没有哪位作者如此耐心地对待这位传主的故事了,他们总是草草了事,只满足于捕风捉影。后来,虽然也有人用指尖碰触他们,打算抽出其中一本来了解他们,但他们已经打定主意,不为所动,他们紧紧地抱在一起,没有人能把他们分开。确实,与其再次被冷落,倒不如从来没有被打动过。

时间又过了二十年,图书馆准备根据借阅率淘汰一些无人借阅的书籍,腾出宝贵空间给其他新书,同时,管理员也发现,有些书借出去数十年没有归还,已经产生了一笔不小的滞还金,也得着手进行催讨。管理员来到书架前,根据索书号找到了这对孪生兄弟,这对兄弟由于长时间抱在一起,外套都有点粘住了,管理员费了点劲才把它们分开,并分别在他们的底部打上了"DISCARD"印记。对于未知的命运,兄弟俩既兴奋又惊慌。

人们再次见到这对孪生兄弟是在拍卖网站上,他们重新融入社会,只是身上仍带着"DISCARD"印记,显示着他们曾合法从"监狱"逃脱的命运。此外,他们的外套上还有清晰的圆形压痕,也许曾经垫过床腿,也许当过杯垫,不管怎样,他们终于离开了那个无人探望的绝望之地。

# 消失的通灵者

"永远不要打开那个开关。"这是通灵者13在通灵论坛里留下的最后一句话。此后,通灵者13再也没有出现过。

"通灵者13"是他在通灵论坛里的代号。"怎样才能通灵?"这是通灵者13在论坛里发布的第一个帖子。很快,他得到一个回复:"你考虑清楚了? 最好不要轻易尝试。"

通常,会找到这个论坛并发出这种帖子的,大都是刚失去亲人的人,他们在现实世界已经找不到渠道,强烈的思念促使他们寻找新的沟通渠道,哪怕这种渠道并非主流,也非科学,但是,天堂不正是这样的一种边缘存在吗? 有些事物就像薛定谔的猫,你无法证明它的存在,同样,也无法判定它不存在。

不过,通灵者13并不属于这个范畴。他是一位诗歌爱好者,他对诗的热爱简直发了狂,在某个阶段,他发现,他最好的作品并不是写出来的,而是喷涌出来的,那是他偶然进入某种领域,无意中触碰某个开关后内心的涌动。在那一刻,他只是一个记录者,但所记录下的东西，却比自己绞尽脑汁写出的东西更具力量，意象也更为丰富。

他渐渐明白，在心灵与世间万物之间存在一个通道，通过这个通道，可以感知事物的秘密。在某个时刻，他可以是一只麻雀，在沙砾中跳动觅食；也可以是一只海豚，在海中跃动追逐。这种通道能够打开人的视野，仿佛一种"天启"，使人获得某种超自然预知能力，看见普通人看不见的景象。

问题在于，开关在哪？怎样才能随时开启那扇门，而不必依赖于某种偶然，或者祈祷灵感女神的眷顾？为了更深入地探索那个未知的世界以及诗的国度，他愿意付出代价，对此，他已考虑清楚。他知道，他将面对的是可怕的痛苦，以及感觉的错乱。

"你去找菲尔德吧。幸运的话，他会教你通灵的知识，让你成为一名通灵者。"见通灵者13如此执着，论坛里的朋友进一步为他指引。

"菲尔德"这个名字，通灵者13早有耳闻。他曾在搜索引擎里看到他名字，他就是循着这个线索找到这个论坛的。但是论坛里的登录记录显示，菲尔德已经有段时间没有露面了。虽然如此，他还是给菲尔德发了一封信件，并期待着能够很快得到回复。

通灵者13不知道的是，菲尔德早已厌倦了这种初学者的来信，他们的理由五花八门，甚至还有的是为了和死去的宠物说话，当然，这也无可厚非，但是，通灵并非这么简单。这也是他们一再劝说那些好奇心重的人不要轻易尝试通灵的原因。"好奇害死猫"这句话的背后，是无数惨痛的教训。而在论坛页面最上方，也已用醒目字体做出提示——"若非必要，勿通灵域"。也许是因为对"必要"与"非必要"的认识比较模糊，有些人对此提示往往视而不见。

在菲尔德眼中，"必要"的情况只限于以下三种：1.刑事案件的需要；2.解开郁结的需要；3.某种历史书写的必要。

在某些长期无法破获的历史谜案中，往往会有一种来自民间的力量，驱动着这种需要的产生，既然案子无法得到科学的答案，人们自然就倾向于寻求某种超自然力量的帮助。在这种情况下，通灵者给出的答案有时还会引导案子走向某个突破口。

郁结不解，既伤心又伤身。所谓"解铃还须系铃人"，有时，系铃人早已不在人世，怎么办？唯有通过通灵者，去获知系铃人的遗言，解开这郁结。带着郁结活在世上，是很难露出真实笑脸的。在现实中，这种情况居多，也给了一些冒牌"通灵者"可乘之机，损害了通灵者的名誉。

第三种情况比较少见。对当代人而言，历史已渐渐远去，历史书写者除了到历史文献中去爬梳，几乎没有别的渠道。但有时也有个别历史写作者会寻求某种超自然力量，去沟通已经过去的历史，他勇敢地打开一个开关，让那个历史空间的灵魂进入自己的时空，在自己的耳畔倾诉当时真实的所见所闻，甚至是当时自身的悲惨遭遇，一个接着一个，队伍似乎永无尽头。曾有一首名叫《通灵者》的诗，提到过这种情景："无数丧失喉舌的灵魂/附入你的身体/经由你的声带/发出/谁也无法抹杀的/声音。"然而，通灵书写者已不可能关上那个开关,他只能一刻不停地记录下去,直到生命之笔消耗殆尽……这种情况,曾真实发生过,但是,总是会有另一种说法,来替换掉"通灵"这两个字。这具有古老历史的两个字,甚至不存在于某些权威词典中,但想把这个词从人们脑海中抹去是困难的。

所以,当菲尔德收到通灵者13的信件时,他并不打算回复,他觉得,"为了诗歌"这个理由严格来说算不上第三种情况,因为它不具备"历史书写"的条件。再说了,也许过一段时间这种狂热劲头也就过去了。

通灵者13看到菲尔德登录时间的多次变化,却苦等不到回复,渐渐耐不住性子了。他再次给菲尔德写信,期待得到指点。菲尔德只好给他回信,以便打消对方的念头。但通灵者13似乎已经打定主意一条路走到黑。

"通灵者最害怕睡眠。他不知道,当他进入梦的国度,将遭遇什么;而当他醒来,又会是谁,正站在他的身边。"这是菲尔德给通灵者13的最后忠告。通灵者13依旧无所畏惧。

终于,通灵者13还是一步步打开了那个开关。他的直觉开始变得更加强烈,听力变得更加敏感,甚至容易产生幻听。或者说,某种声音总是乘虚而入。"通灵的能力越强,通灵者的身体也就越弱。"菲尔德对此做出解释。

在接下来的一个月里,通灵者13仿佛打开了诗歌的闸门,诗歌的洪流喷薄而出,奇思异景令他目不暇接,他完全沉浸在诗歌带来的快乐之中,他没日没夜地记录着所思所想所见所闻。

西塞罗曾说，"灵魂是真正的自我"。在寂静中，通灵者13一次次与自己的灵魂对坐，认识到自己真正想要的是什么。他放弃睡眠时间，去接受时间给予的双倍回赠。他甚至告诉自己，他的人生必须活出双倍的价值，这是他的使命。同时，他也意识到，这个"自我"精微繁杂、高深莫测、难以猜度，就像迷宫一般，容易令人迷失其中。

"永远不要打开那个开关。"通灵者13留下最后一句话，此后，再也没有出现过。没有人知道他去了哪里，也许他正在追寻自我的路上，也许他正在迷宫中艰难跋涉，也许他被这种通灵写作折腾得够呛但又无法停止……

假如你有幸遇到一本《沙之书》，当你意识到它的"危险"，还可以把它藏起来，并遗忘这个过程，远离那个区域。但是，假如你开启了那个开关，便再也没有人能够把它关上了。

# 臻于完美的藏书室

那是一间臻于完美的藏书室。四壁都是书,当然,室内留有一扇门,门的背面贴满了各国作家的照片,门对面有一扇透气的窗。这个窗口没有直射的阳光,可以避免书籍褪色。藏书室里有音乐也有文学,可以说是理想的乐园。

音乐与文学,二者缺一不可!当音乐旋律响起,那是一本书的序曲;当一本书打开,它的主题乐章也同时响起。正如佩特所说,一切艺术都在不断地追求达到音乐的境界。同样,这间藏书室也在不断追求着这种境界,它希望自己具有"音箱"的效果,它希望每一个音符都能发出最强音,它希望每一页纸都被注入强大的能量。

藏书室里没有钟表,只有光线明暗的变化,在告知着时间的流逝。这间藏书室就像一个"时间胶囊",在里面待上500年,你也不会觉得漫长。但是,一想到打开门便是500年后的世界,你就会缩回已经触及把手的手指,坐下来,在音乐与文学的浸润下,继续下一个500年的修炼。

　　放心,虽然藏书室已停止更新,但里头的书足够许多个500年使用。光是一本有趣的辞典,就够你读上几年的。你是否试过一本书翻来覆去怎么也读不完怎么也读不腻?但愿你曾遇到过这样的书。从某种意义上来说,每个人都拥有属于自己的《沙之书》,不是吗?

　　藏书室是一个私人永久领地,一间精神避难所,一个书的国度,在这里,我们尊贵得像国王。累了,就让小丑为你表演"抛书"节目,从两本书开始,渐渐增加到三本四本五本……你的心跳在加速,你很担心书籍掉落引发心脏病,直到书本展翅飞回书架,你才放心下来。只要你愿意,你也可以在幻想的隐秘处体验激情的愉悦,但这种短暂的愉悦终将被一种永久的快乐取代,那是一种在音乐与文学中向上飞升的美妙体验。

　　当然,乐园里也会有噩梦,它源自藏书室的门关闭前的那一瞥,在那一秒,你清晰地看到,一只巨大的蟑螂迅速从门缝钻进了你的乐园,然后迅速找到了掩体,从此消失不见。你的笑容僵在那里,这是理想乐园里唯一的瑕疵,这是五线谱上突然跑调的音符,这是书本中不应存在的印刷错误……不过,很快你又释然了,哪个音箱里没有躲着几只蟑螂呢?从某种角度来看,我们和蟑螂又有多大区别?

　　如今,许多个500年过去了。蟑螂的数量一定相当可怕了。只有你,仍旧形单影只,但你已不能打开那扇门,为了门外那个世界的完美,你必须把噩梦、蟑螂和自己一起关在这里。

# 书世界的度量衡

倾情于书籍的人都不看重物质生活和财富,而且,一个人也不可能既情系书籍又钟爱金钱,因此,在书世界里,通行的货币也与众不同。

在书世界里,通行的货币叫作"集异璧",简称"GEB"。以下来了解一下"集异璧"的诞生过程。

为了追求名副其实的度量衡,避免遭遇伪造,书世界货币会议上提出,要铸造一种独具特色的货币,它必须富于创意,能够代表书世界的独特性,并区别于以往所有货币,同时,它的伪造难度必须足以打消伪造者的念头,令其望而却步。

该货币面向全世界征集方案,经过大范围征集,一个令人眼前一亮的方案——"集异璧"(编号:13239),从众多方案中脱颖而出,其防伪系数之高、创意之独特,令评审委员会为之折服。最终,该方案获得评审委员会全票通过。

"集异璧"方案提出,采用全新合成金属来铸造这款货币,其造型小巧,类似正方体,中空,从不同角度看,呈现三个不同立体字母,分别是G、E和B。在防伪方面,只要将集异璧放入验璧机,真璧将在不同方位同时投射出上述字母。

集异璧在使用上也相当便利,因为验璧机同时也是收银机,获得集异璧所有者的验证后,即可从中扣除相应的款项。集异璧既是货币单位,又是货币载体,且具备智能结算功能,也就是说,只需要一枚集异璧,就可以在书世界畅通无阻。

在书世界里,每一粒爱书种子在成年后都将获得1枚集异璧,有了它,就可以在书世界里畅游,购买自己喜欢的书籍,打造属于自己的书房。当然,也可以用于消费书籍以外的物资,包括购置房产,但是,这也意味着可以用于买书的钱就会少了很多,所谓"鱼和熊掌不可兼得"。

因此,我们常会看到,那些有志于做学问的人,宁愿住在破旧的公租房里,守着一屋子书,踏踏实实地在书世界里探索漫游。有时,他们甚至用读过的书来砌墙盖房子,住在用书籍堆砌的乐园里,创造出更多的精品名著,为建设美妙书世界添砖加瓦。

对了,1GEB的价值约等于300万CNY。

# 隐喻之书

　　人们对《隐喻之书》存在某种误解,有的人认为《隐喻之书》是一部语法书,目的在于将隐喻分门别类做出归纳,指出它的方位、本体、结构等,每当一个新的隐喻出现,这种机械化拆解就自然而然、莫名其妙地发生了。

　　事实上,《隐喻之书》的存在,具有其更重要的意义。

　　早在18世纪,利希滕贝格便指出,隐喻比创造它的人聪明得多。《隐喻之书》也是如此,它比创造它的人要聪明得多,而且,它还将衍生出更多的隐喻。甚至也可以说,从《隐喻之书》的每一篇出发,都能撰写出一篇论文,或者想象出一部小说的模样。

　　隐喻,是世界共通的语言,让我们自由交谈;隐喻,是一种自由的文体,让我们畅所欲言;隐喻,是词语海洋里一股强大的暗流,让大海汹涌澎湃。隐喻行进在词语原有的沟渠中,但它更乐于冲开一条新的沟渠,有时甚至冲破沟渠勇往直前。《隐喻之书》也是如此,它将冲出书籍这个古老的载体,在这片沃土上开出一朵朵鲜艳迷人的

"隐喻之花"。

人们终其一生都在寻找属于自己的隐喻,或者说,我们生来就是为了与自己的隐喻相遇,并试图让自己活得越来越像自己的隐喻。隐喻是一面镜子,它早已映照出我们应有的模样。

在书店里寻觅良久的人们,永远在找一本书,一本《隐喻之书》,只是,人们往往只能找到其中的某一个隐喻,尽管如此,人们仍旧欣喜若狂,心怀感激,并期待下一次能有更多的收获。在字里行间跋涉的人们,永远在寻找一个隐喻。

博尔赫斯曾说过,或许世界历史就是那么几个隐喻的历史。那么,或许《隐喻之书》就是一部描写我们的奇书。找到它,就找到了自己的命运之书。

# 故事的内核

每个故事都有一颗内核。

先有故事还是先有内核？这个问题，在"先有鸡还是先有蛋"这个问题得到解答之前，暂时没有答案。如果抛开谁先谁后的问题，问题就简单多了——它们几乎同时存在，既有故事，也有内核。但要有新故事，就要有新的内核。

现在，这颗新内核正在一只飞鸟的腹中，这只飞鸟刚吞下了一个鲜嫩多汁的果子，果子里有好几颗难以消化的内核。这只飞鸟来到一座小屋屋顶上，稍做休息，同时排下一摊鸟粪。鸟粪将内核很好地包裹起来，像一条温暖的棉被。

内核渐渐觉醒，它像一棵树一样伸出四肢，它抓住脚下微薄的尘土，同时，向上伸出双手，它想，有一天，它将会拥抱蓝天。它就这么在屋顶上的角落里长着，瘦弱但坚强地长着，它的身材瘦削，根系却异常发达，它相信，没有人能只凭双手打败它。但是，屋顶上的微尘，不足以让它拥抱蓝天。

直到有一天，小屋的主人在清理屋顶杂草时发现了它。一开始，他以为它只是一株杂草，认为只要伸出一只手即可拔除它，但是，当他伸出两只手后，他发现根本无法撼动它，他不知道，它的根须足有几百米长，并且牢牢地抓住了沿途的一切。很快，他惭愧而惊讶地发现它原来是一棵小树，一棵根系庞大得吓人的小树。他甚至被它的精神感动，随即，他决定帮助它，帮助它长成一棵大树。

小屋的主人给它提供了更多的土壤，浇灌了更多的养分。没过几年，这颗内核便长成了一个枝繁叶茂的故事，每一片叶子上都有一个神奇的故事。每到夏天，小屋的主人最喜欢在树下的小屋里看新叶上的新故事。也许有一天，他会读到这个故事。

# 永生之书

永恒所爱好的是时光的产物。永生之书因此而存在。永生之书永远不会消亡，你可以消灭一本书的众多复制品之一，但你无法消灭那本书。如果你问已经变成书的海明威，他会告诉你："一本书生来并不是要给打败的，你尽可以消灭它，可就是打不败它。"

在永生之书面前，人们感受到一种巨大的压力。据说，在一间密室中，藏有无数永生之书，整个密室都是那本书，它们中的每一本随时都可能跳下书架，以孤本的姿态进入人们的视线。而且，这极有可能只是无数藏有永生之书复本的密室之一。

甚至世界末日也无法对永生之书产生影响，所有最坏的打算它都已经考虑到了，在"永生号"方舟上，早已载着无数复本航行多年，时刻准备着应对最糟糕的局面。时间胶囊、太空站、宇宙飞船……到处都有它的身影。

当然，永生之书也有自己的恐惧。它惧怕时间之书。关于时间之书是否存在，众说纷纭。有传言说时间之书上只写着一句话："时间并不能治愈一切,因为时间不存在。"假如时间并不存在,那么也就不存在什么永生了。

几乎所有的永生之书都做过同一个噩梦:当时间之书被打开的那一刻,书上那句咒语被念出,所有的永生之书瞬间灰飞烟灭。

# 路灯下的流浪汉

　　某地举办墙绘创意大赛,头奖奖金不菲。

　　很快,各地墙绘高手都聚集到了这座城市,在接下来的两周时间里,他们将使出浑身解数,为争夺头奖奖金而努力刷墙。

　　为了增加比赛的趣味性和实用性,主办方特意将比赛场地选在一条城市主干道旁,在人行道内侧砌起了一堵长长的白墙,一来可以让过往市民近距离见证墙绘艺术的诞生过程,培养大家对墙绘的兴趣;二来比赛结束后这些作品可以直接作为艺术品美化城市,为城市留下一道美丽的风景。

　　比赛开始了,选手们各自在自己的墙面前忙碌着,他们有足够的时间构思,画出最有创意的作品。有的团队更是有备而来,他们搭起专业的可移动脚手架,拿着设计图开始在墙面上打底稿,有的负责天空,有的负责地面,他们分工协作,有条不紊地进行着。

　　只有一堵墙面例外,那是82号选手的墙面。他单独一个人,站在墙面前,他正在构思,在所有选手都开始动手的时候,他竟然还在构思，他似乎一点都不着急。不过，艺术创作这件事还真是急不得。卡尔维诺就很激赏庄子的画艺，曾在讲座中以此为例。在那节讲座的结尾，卡尔维诺说，国王请庄子画一只螃蟹，庄子耗费十年用于构思和酝酿，在第十年的年底，庄子才开始动笔，他一挥而就，仅用一笔，顷刻间就画出了国王心目中的那只螃蟹。"完美之极，前无古人。"人们赞叹道。从落笔时间来看，庄子的作画速度无疑是迅速的。但如果从构思和酝酿的过程来看，十年又太过于漫长。不知道这82号选手打算构思多久？人们拭目以待。

在其他选手大部分已经完成打底稿这道工序时，82号选手似乎终于做出决定，他打开颜料桶开始刷墙，从他的架势来看，他正准备把主办方准备好的白墙全部刷成灰色。第一天很快过去了，大部分墙面已经开始呈现出花花绿绿的图案，只有82号选手的墙面仅仅由白色墙面变成了灰色墙面，人们走过这里，纷纷摇头嘲笑这位选手，并开始认为此次比赛门槛过低，还不如直接开放墙面让大众来涂鸦呢，有的人甚至认为他在景区所涂鸦的"到此一游"都比82号强。

第二天，选手们继续忙碌着。奇怪的是，人们似乎都把焦点聚集在82号墙面上，他们都等着看一个巨大的灰色笑话。82号选手也没有让观众们失望，这一天，他终于在灰色墙面上画了一根黑色路灯杆，是的，就一根光秃秃的路灯杆，底部略宽以便站稳脚跟，而且，这根路灯杆也不符合这座城市的审美，这里没有这样的路灯杆。"还不如画棵树，如果不会画，就照着行道树画就好了嘛。"人们都替82号选手着急啊。可是82号选手一点都不急，他慢慢地给他的路灯杆上色,勾勒出一根真实的灯杆应有的轮廓和细节。

第三天,82号选手画了一段弯杆,观众们一致认为,这段弯杆其实昨天就可以一起画出来,何必等到今天,难道还需要临时去进货吗?这分明是在磨洋工啊。82号选手依旧慢腾腾地将这段弯杆与主体灯杆对接,将连接处锁紧,以免将来被风吹得东倒西歪。

第四天,观众们已隐隐预料到当天将会发生什么。看,82号选手来了,他终于在弯杆处装上了一个灯罩。"再加个底座可不就是一个倒扣的痰盂嘛!"观众们沸腾了,他们大部分都猜对了。不过,在墙绘比赛里画一盏路灯做什么,太没劲,太没创意了,谁没见过路灯啊。

第五天,82号选手终于让这盏路灯亮了起来,他将灯杆底座的线路与人行道的电路连接好,打开开关,一束光从灯罩下方直射地面,形成一个狭长的等腰梯形,灯光昏黄而温暖。夜晚,人们路过这里,心里都感到特别暖和。所有墙面都画满了东西,只有这堵墙是透亮的。

第六天,天一亮,82号墙面在相邻墙面的鲜明对比下又沦为一个灰色笑话,据说有个别观众因为笑得太厉害被救护车接走了。这一天,82号选手来得特别晚,他似乎没有什么要补充的了,只是随手在灯罩下方画了一个小小的黑色梯形,看上去就像一只鼹鼠留下的小土堆。夜晚,人们路过这里,心里总感觉怪怪的,似乎有人正盯着他们看,不由得加快了脚步。

第七天,82号选手似乎已经完成了他的参赛作品,他没有什么可做，只在墙面左侧空白处（空白处实在是不少）写下作品名称——《卓别林：城市之光》。

就在他写完那几个字之后，观众中突然爆发出一阵热烈而持久的掌声，人们惊讶地发现，在这幅作品中，在被灰色笼罩的昏黄中，在灯罩下方，就在那块小小的黑色梯形物的带动下，一个熟悉的身影动了起来，那是一个路灯下的流浪汉，他戴着一顶圆顶硬礼帽，蓄着具有标志性的一撇小胡子，挥舞着手杖，迈着夸张的八字步，准备为观众们献上他的最后一支舞……

现在，观众们一致认为，这幅作品真是太有创意了，82号选手竟然只用寥寥几种元素组合，便将卓别林的经典形象如此生动地勾勒出来，而且作品充满了寓意，象征着夜幕下一座城市的光芒。如果让他们来评选，这幅作品毫无悬念要拿头奖。那些当初嘲笑82号选手的人，现在只能在心里暗暗讥笑自己的有眼无珠，并发誓以后再也不能过早妄下结论，太丢人了。

然而，这幅作品并没有获奖，甚至没能入围，显然，主办方无法容忍一堵墙面空白处多于涂鸦。主办方感到非常庆幸，好在82号选手的洋工没有磨太久，他们还来得及为这堵墙做出一点补救。很快，82号墙面被重新刷白，并被另外一幅枝繁叶茂、绿意盎然的墙绘作品取代。主办方对此非常满意，之前那个"路灯下的流浪汉"的画风简直和这场比赛格格不入，现在，这堵墙终于与相邻的作品形成了协调统一的风格。

# 自由之书

两百年前,一位诗人在致友人的信中这样写道:"我们现在竭力的呼吸当然很快会成为过去,然而在世上待一天,我们还是要自由地呼吸一天。"现在,诗人及其友人曾经竭力的呼吸,早已成为过去,但是,诗人的自由意志却仍在这世间游荡,并且将激励更多人为自由呼吸而奋斗。

同样是在两百年前,一位自由放荡的小说家在日记里这样写道:"假如你有一件衬衣和一颗心,卖了你的衬衣,到意大利去生活吧!"如今,衬衣早已不是什么稀罕之物,但在小说家所处的时代,衬衣就是上层社会的一种身份象征,代表着财富和地位。

"思想自由乃是灵魂的生命。"伏尔泰的这句话是如此富有诗意,直接触及小说家的心灵。自由在别处,为了一颗追求幸福的心,为了延续灵魂的生命,小说家宁愿卖掉这件华而不实的衬衣,到异域去追逐理想中的自由,他做到了,并且留下了一本心灵日记,记录着他对幸福时刻的追求。

每个时代都有人为自由而奋斗，有的为人身自由而战，有的为出版自由而战，有的为言论自由而战，有的为思想自由而战。弥尔顿认为，不论追求哪一种自由，都有一个前提，即爱自由之人首先要求学识渊博、心地善良——只有具有远见卓识且心地纯真的人，才能担当为自由而战的重任。

"自由是在法律许可的范围内任意行事的权利。"孟德斯鸠从法律层面对自由做出定义。"自由意味着责任，这就是大多数人惧怕自由的原因。"萧伯纳则从道德范畴对自由及其引发的恐惧做出阐释。关于自由，写下《论自由》一书的穆勒大概最有发言权，他说："自由即按照自己的意愿去工作。"

穆勒对"自由"的定义简洁得就像一个公式，每个人只要把自己的真实情况代入公式进行验算，对于自己"是否自由"即可自行做出判断。如果单从"工作"这个角度来看，大多数人可能并不那么"自由"。或者说，为了生活，大多数人不得不出卖劳动力和自由以换取工资，而非完全按照自己的意愿去工作。但这还算不上"不自由"，毕竟，每个人在工作之外还享有业余时间，是否能够充分利用这段属于自己的自由时间做自己想做的事，是现代人是否自由的一大体现。

《自由之书》上写满了少数人勇敢追求自由、创造命运的故事。是的，这样的自由往往只属于少数人。他们紧紧把握着自己的自由，他们未曾签署过任何出卖人身自由的契约，他们按照自己的意愿创造着属于自己的命运，他们牢牢捍卫着自由选择的权利。在创造命运的过程中,他们同时创造着属于自己的传奇——在大多数人看来,这样的自由就像一场奇幻之旅,荒诞不经,遥不可及。

# 守书人的叹息

在一座装满书的仓库里，守书人像往常一样来回巡视着。通过一次次巡视，守书人骄傲地认为，一切都在掌控之中，每个角落都在他的监控之中。

然而，就在守书人自认为记得但其实早已遗忘多时的角落里，生命从无到有，从微到著，它们在这片土地上寂静无声地开掘着、繁衍着，一片欣欣向荣。

守书人终于想起某个角落已经很久没有翻动过了，起码有四十年了吧，他决定打开这些"陈酿"，封存这么多年，书香味一定非常诱人，他要好好品味一番，怀旧一下。他有些激动地拿出一串钥匙，找到对应的编号，打开角落里的柜子，取出四十年前的记忆。外部包装依旧完好，但是，就在打开书衣的那一刻，他愣在那里，曾经令他爱不释手的布封上，竟然出现了一座微型"迷宫"，到处都是挖掘"迷宫"产生的尘土。轻轻拍打书封，"迷宫"制造者终于现身——那是一个圆滚滚的小东西，看上去就像是一小粒糯米。

不知道这只小蛀虫日夜不停地奋战了多久，才挖出了这些四通八达的沟渠，这些通道互相连接，几乎打通了整个封面的上下两端。有的坑洞甚至贯通了整本书所有的页面，仿佛一辆微型钻探车从中穿过。记得曾有人说过，他的梦想是成为一本书，而且必须是一本布面精装的书，他一定是忘了书世界里还有蛀虫的存在。

张爱玲在《天才梦》中写道："生命是一袭华美的袍，爬满了蚤子。"当你同时见证"华美的袍"和"爬满蚤子的袍"，大概也会生出这样的感叹。华美与颓败仿佛时间的两端，此刻，我们正华丽地行走在这条通往颓败的路上。

仿佛被蚕食的桑叶，再华美的布封也终究难逃被啃噬的命运。在那些关于书籍的噩梦中，你会听到钻探车发出的轰鸣声，随着钻头的运转，宇宙这本大书被钻得千疮百孔、面目全非，世界面临崩塌。

看着这些残破不堪的封面，守书人非常失望，几十年来，他为这些书筑起了一个避风港，躲过了来自外界的侵扰，他以为只要盯紧宏观世界就可以保护好这些书，没想到，最大的威胁却来自书籍内部，看来，微观世界的力量同样不可小觑。

守书人有些垂头丧气，仿佛刚打了一场败仗。不过，当他看到那些朴实无华的平装书安然无恙，他重新燃起了希望，他觉得他并没有完全失败，他的守护依然是有效的，只是今后在材料的选择上要更谨慎一些。

为了更好地记住这个教训，他从口袋里掏出一本陈旧的《守书人手册》,在密密麻麻的备忘录中,增加了一条新的提示:"布封过于脆弱,华而不实,经不起时间的考验与蛀虫的侵袭。"

可以想象,在这本《守书人手册》中,字里行间都写满了守书人的叹息。

# 后记　读者即上帝

读者即上帝。

每当读者在搜索引擎中键入一个书名,而这本书竟然还不存在时,一个出版选题便立即被提上出版议程,这个阅读需求必须尽快得到满足,因为读者就是上帝。

多年来,这一机制一直在发挥着作用。哪怕再荒诞不经的书名,也能够成为读者眼前可触可感的存在。同时,"找不到某本书"也成为作家们写作的动力,"既然找不到,那么,就让我们把它造出来!"如此一来,阅读需求与写作动力都得到了充分的满足和释放。

那些曾经属于虚构的书,后来都成了现实。当然,有时需要花费很长的时间,比如,一本虚构于1922年的书,直到1977年才被造了出来,足足让读者等了半个多世纪,实在是不应该。

当上帝说,"书籍已成为一种巨大的隐喻",于是,便有了这本《书籍的隐喻》。但愿这本书没有让上帝等得太久。